Erik Neutsch · Zwei leere Stühle

Erik Neutsch

Zwei leere Stühle

Novelle

Mitteldeutscher Verlag
Halle · Leipzig

ISBN 3-354-00217-4

9. Auflage
Lizenz-Nr. 444-300/75/87 · 7001
Printed in the German Democratic Republic
Typografie: Günter Jacobi
Einband: Hans-Joachim Petzak
Lichtsatz: LVZ-Druckerei »Hermann Duncker«
Leipzig III/18/138
Druck und Bindearbeiten: Druckhaus Freiheit Halle
Best.-Nr. 638 731 9

00650

Wenn ich nur wüßte, was wir versäumt oder falsch gemacht haben, ich, der Direktor, Kommunist gar keine Frage, meine Lehrer, damals nicht mehr als dreißig, da unsere Schule erst später Zuwachs aus den Neubauvierteln erhielt, jeder vierte jedoch Parteimitglied, SED jedenfalls, und zwei Liberaldemokraten und ein Christ, nicht nur einer mit Taufschein, meine ich ... Wenn ich nur wüßte, was uns so selbstgerecht und zufrieden, so saturiert werden ließ.

Ich bin nach Katzow gefahren, habe mich dort im Krankenhaus und in der Kreisleitung umgehört, war auch in Hartenstein bei den Genossen, denn als ich die Nachricht bekam, kurz vor dem Klassentreffen, die *beiden* Nachrichten innerhalb einer Woche, war mir speiübel; ich stellte mich tagelang selber in Frage. Das ist das Schlimmste, was einem geschehen kann, das Schlimmste in unserem Beruf. Ein wenig zur Ruhe gekommen, suchte ich dann nach Gründen. Lagen die Fehler nicht schon bei uns? Einen Teil der Schuld gebe ich heute dem verdammten Formalismus, der mir nie geschmeckt hat, dem Zensurenhaschen zum Beispiel, der Jagd nach Einsen, sogar differenzierten Einsen, solchen mit Kreuzen oder waagerechten Strichen dahinter im Klassenbuch, was bedeuten soll: eins plus oder eins minus. Mathematik-Müller hatte sie eingeführt, diese Plus- und Minuszeichen hinter den Prädikaten; wahrscheinlich hofft er, daß bei dieser Art von Benotung endlich einmal einer sein Abitur mit dem Durchschnitt von 0,9 besteht – das wäre doch ein wirkliches Novum, Weltniveau in der Volksbildung! Er hatte damit, zumindest in seinem Fach, ein Strebertum ausgelöst, das mich stets an die Szenen aus meiner Kindheit erinnerte, als wir Bengel nach Bockwürsten und allerlei anderem Firlefanz an den Erntedankfestkronen in unserem Dorfe hangelten. Damals durfte, nein, mußte wohl jeder hinaufklettern. Einer in Uniform machte uns von unten her scharf wie abgerichtete Hunde. Und wem die Muskelpakete reichten, der durfte mal abbeißen von der Wurst oder sich einen Lutscher aus Zuckerguß herab auf die Erde holen. Den anderen blieb nur der Spott, man stieß sie sogar mit Stangen und Stielen in den Hintern, sobald sie keine Kraft mehr hatten und auf halber Strecke am Mast hängenblieben. Was aber ist denn mit uns? Besteht unser Ehrgeiz darin, Intelligenzpakete zu erziehen, Menschen, die zwar jeden beliebigen Sinus- und Kosinuswert ohne Logarithmentafeln berechnen können, sich aber sonst im Leben nicht zu bewähren wissen?

Eine solche Frage – ich weiß – ist rhetorisch, in der holden und hehren Dichtkunst nur im äußersten Falle gestattet, nur dann nämlich, wenn die Helden sie akzeptieren und selber stellen. Des Sängers Höflichkeit jedenfalls hat zu schweigen. Ich aber bin kein Sänger, und ein Held, wie er in Büchern steht, bin ich schon gar nicht. Sollte mich daher Deutsch-Müller eines Tages wegen meiner Rhetorik oder besser: wegen meiner Kommentare hier kritisieren, werde ich ihm entgegnen, daß ich keine Novelle schreibe, nicht einmal etwas Ähnliches, nicht einmal einen Aufsatz, sondern einen Tatsachenbericht, den allerdings im Klartext und versehen mit meinen Bemerkungen, so gut ich's vermag und sobald es mir paßt.

Sie waren auch seine Schüler.

Um Wolfgang Lichtenfeld geht es und Uwe Tolls.

Und zugleich geht es um uns, die Lehrer und mich, den Direktor, der sie in Geschichte und zuletzt in Staatsbürgerkunde unterrichtete.

Sag einer nicht, wir hätten es nicht verhindern können! Wir haben uns gründlich geirrt. Das ist das Mindeste. Und die beiden haben uns nur auf die konsequenteste Art, die es im Leben gibt, darauf aufmerksam gemacht.

Das ist es, was ich mit meinen Idealen, ja: Idealen, nicht vereinbaren kann und will, womit ich mich niemals abfinden werde, worauf das eine wie das andere, jedes auf seine Weise, eine Stellungnahme von mir verlangt und weshalb ich, je mehr ich darüber nachdenke, zu dem Schluß komme, daß auch wir etwas falsch gemacht haben müssen, *ich*, Erzieher der beiden und Genosse.

Ich wurde Lehrer aus Überzeugung, ging im ersten Jahr der Republik zum Studium, sofort nach dem Abitur, FDJ-Sekretär bis dahin, und ich dachte: Das könnte vielleicht die höchste Aufgabe sein, der du dich stellen und die du in unserem Staat übernehmen kannst. Die nach uns kommen, meine eigenen Kinder, sollen es nicht noch einmal so schwer haben wie wir. Ich werde ihnen die Straße ins Leben pflastern. Asphaltieren werde ich sie. Sie sollen es glatt haben. Ich hatte schon damals Makarenko gelesen und Kalinin, ihnen recht gegeben und ihre Sätze mir eingeprägt: Die Arbeit des Lehrers ist sehr schwierig und seine Verantwortung groß ... Ohne Übertreibung kann man sagen, daß ein Lehrer, wenn er große Autorität besitzt, bei manchen Leuten für das ganze Leben die Spuren seines Einflusses hinterläßt. Deshalb ist so wichtig, daß der Lehrer auf sich achtet, daß er sich der Kontrolle bewußt ist, der sein Benehmen und seine Handlungen dauernd durch die Augen seiner Schüler ausgesetzt sind. Die Hauptsache ist, daß man zu den Kindern ehrlich ist ... Und schließlich, Genossen, müssen die Kinder auf lange Jahre hinaus helle Eindrücke, die allerbesten Eindrücke und Erinnerungen von der Schule behalten ... Das scheint das Wichtigste zu sein, was man von einem Lehrer verlangen muß ...

Und im Gegensatz dazu habe ich auch noch selber die Pauker kennengelernt und mitgeholfen, sie aus unseren Schulen zu vertreiben. Seitdem, dachte ich, hat die Paukerei ein für allemal ein Ende und ist nur noch ein Ereignis in den Erzählungen der Mütter und Väter.

Trotzdem nun dies: Da machen wir jährlich Bestandsaufnahme, tüfteln uns Bilder von Menschen zusammen, klamüsern Beurteilungen über sie aus, schreiben sie in die Reifezeugnisse, doch wenn sie das Leben dann hat, scheren sie sich einen Dreck um unsere Formulierungen.

In Katzow und Hartenstein erfuhr ich's genau. Aber wohl auch schon im letzten Herbst, als mich beide besuchten. Tolls hatte sich vorher mit einem Brief angemeldet. Seine Eltern wohnen noch bei uns in Dornrode, und er befand sich im Urlaub. Wolfgang Lichtenfeld kam an diesem Tag überraschend hinzu, läutete im Vorübergehen an der Gartentür und wollte sich nur mal, wie er sagte, erkundigen, was sein »oller Schulmeester« noch so macht... Doch davon, von dem Gespräch, wird wohl erst später die Rede sein müssen.

In diesem Jahr wollte die Klasse 12a von damals ihr Jubiläum feiern. Man traf sich zum zehnten Male, seit man sich 1969 durch die Prüfungen geschwitzt und das Abitur abgelegt hatte, und so war mit der Teilnahme aller gerechnet worden. Auch der Wirt der »Silbernen Forelle«, eines hübschen Lokals am Ufer des steinübersäten Flüßchens, das unsere Stadt durchquert, hatte sich dementsprechend darauf eingerichtet. Fünfundzwanzig Stühle ließ er um einen länglich-ovalen Tisch in seinem Saal für Konferenzen und Festlichkeiten stellen, einundzwanzig für die ehemaligen Schüler, die restlichen für Rudi Berster, die beiden Müllers, ihre Klassenleiter von der Neunten bis zur Zwölften, und mich.

Doch dann blieben zwei Plätze frei.

Eine bedrückende Stille zog ein, dauerte, bis auch der letzte begriffen hatte, worum es sich handelte, und noch lange danach wollte erst recht keine

Heiterkeit aufkommen. Das Bedrückendste aber, fast schon Makabre an allem war: Wir wagten es bis zum Schluß nicht, die beiden leeren Stühle aus der Reihe zu nehmen. Denn hätten wir es mit dem einen getan, so wohl auch mit dem anderen. Und obwohl es zwischen beiden Fällen gewaltige Unterschiede gab, wollten sie uns noch nicht in den Kopf.

Ich versuche mich zu erinnern und habe in diesem Moment wieder die Klasse vor Augen wie damals. Jeder hatte inzwischen seinen festen Platz, Tolls saß, vom Lehrertisch aus gesehen, rechts, in der vorletzten Bank auf der Fensterseite, Lichtenfeld links, unmittelbar neben der Tür, und so verlief zwischen ihnen fast eine Diagonale, in deren Mitte, sozusagen auch geometrisch den Mittelpunkt des Raumes bildend, sich das Goldköpfchen Ingrid befand, was für beide noch von Interesse sein wird. Ich könnte nun aus dem Gedächtnis, zumal nach dem letzten Klassentreffen, all die Namen ihrer Mitschüler nennen und auch aufzählen, was aus ihnen geworden ist, vorläufig jedenfalls in den zehn Jahren, die seither vergingen. Aber das würde zu weit führen. Achtung, soll es nur heißen, seien wir nicht schon wieder voreilig, weder eine Bewährung noch ein Versagen reichen fürs ganze Leben. Bei den meisten ist noch gar nichts entschieden, im Gegensatz allerdings zu Uwe und Wolfgang, bei dem einen sogar – und mich schaudert nun vor diesem Wort – totsicher und bei dem anderen wohl ebenfalls unwiderruflich.

Deutsch-Müller war seit der Elften ihr Klassenlehrer, und bei seiner Pedanterie in der Behandlung klassischer Formen der Erzählkunst haben sie gewiß auch gelernt, wie man beginnen muß, wenn man etwas erzählen will. Neulich erst hörte ich über ihn, er verlange von seinen Schülern »preußisch präzise« Antworten. Die Jüngsten in der jetzigen Neunten gar soll er bereits in der ersten Unterrichtsstunde das Fürchten gelehrt haben, indem er sie darauf verwies, daß erst in der EOS »ein wissenschaftliches Denken« anhebe, und wer sich dazu nicht »befähigt fühle«, solle am besten gleich wieder umkehren. Unter diesen Aspekten stelle ich mir die Themen seiner Aufsätze vor, und ich müßte daraufhin wohl wirklich einmal, was ich schon lange nicht tat, bei ihm hospitieren. Romeo und Julia auf dem Dorfe, der Tod in Venedig und Mario und der Zauberer – denn vornehmlich ist er ein Anhänger Thomas Manns –, charakterisieren Sie bitte die Hauptpersonen, preußisch präzise, und wenn Sie es nicht vermögen, so haben Sie doch ein Einsehen, daß Sie und die Wissenschaft nicht füreinander geschaffen sind.

Ich fange mit mir an.

Helmut Hausknecht, Häuschen nannten sie mich, oder Hausi nennen mich heute noch meine Schüler, Spitznamen, die ich erträglich finde. Manches ist schon gesagt, was ich von Kalinin, der kommunistischen Erziehung und der Verantwortung des Lehrers halte. Ich habe vier Kinder, bin demzufolge verheiratet, glücklich, besitze tatsächlich ein solches Ding, ein Häuschen, auf einem der Berghänge rings um Dornrode, das ursprünglich Grafensitz war und Bergarbeitersiedlung, besitze auch ein Auto und, trotz aller Diätvorschriften, die ich streng zu beachten versuche, einen dicken Bauch. Meine Frau ist – Lehrerin. Kreistagsabgeordnete. Wir heirateten während des Studiums. Ich indessen, wenn nicht gerade die Partei mit mir etwas anderes vorhat, stehe dem Klub der Intelligenz in unserer Stadt vor und kümmere mich um ein paar gute Veranstaltungen. Meist lade ich dazu einige meiner ehemaligen Schüler ein, den Schauspieler vom Deutschen Theater zum Beispiel, dessen Name inzwischen so berühmt ist, daß ich ihn hier nicht nennen möchte, auch den Dichter, den Lyriker, der allerdings von der Kritik mehr getadelt als gelobt wird, was dann nicht selten auch mir Ärger einbringt. Genug.

Wolfgang Lichtenfeld.

Doch da beginnt schon die Schwierigkeit. Ich kann ihn nur charakterisieren, indem ich seine ganze Geschichte aufschreibe, und so bitte ich um Verständnis, wenn ich vorerst nur bei Äußerlichkeiten verweile. Er war mittelblond, hielt seine Haare in Grenzen und ließ sich erst während des Studiums einen Bart wachsen. Damals wäre es für ihn wohl auch noch zu früh gewesen, denn er brauchte sich nicht zu rasieren, obwohl er sonst schon sehr kräftig wirkte, sogar etwas pummelig, wie man in unserer Gegend sagt, gut genährt, aber nicht mehr, als daß es die Mädchen nicht angezogen hätte. Er stammte – und indem ich das Imperfekt fortsetze, fällt mir auf, klingt es schon wie von einem Verstorbenen – aus einer Ingenieursfamilie, das heißt, nur der Vater war Ingenieur, hatte sich nach fünfundvierzig vom Arbeiter zum Meister und weiter qualifiziert. Was er selber nun nicht mehr vermochte, traute er seinem Sohn zu. Jedenfalls vernahm ich dergleichen einmal von Wolfgangs Mutter: Wir wollen, daß er all seine Chancen nutzt, und wenn er in seinen Leistungen nachläßt, geben Sie uns bitte sofort Bescheid, mein Mann wird ihm dann schon den Marsch blasen... Das aber brauchte er nie. Was Wolfgang Lichtenfeld über die Maßen auszeichnete, war sein Intelligenzquotient. Zunächst, bei der ersten Begegnung mit diesem Begriff, wußte ich nichts mit ihm anzufangen. Aber die Absolventen der Universitäten und Pädagogischen Hochschulen brachten ihn mit, und also, dachte ich, müsse auch ich mich ihm beugen; ich wollte nicht altmodisch oder gar rückständig gegenüber neuen Lehrmeinungen erscheinen. Es war ja auch erwiesen, daß Wolfgang eine überdurchschnittliche Begabung besaß. Zweifellos war er der Primus der Klasse, holte in sämtlichen Fächern Bestnoten, außer im Sport, wobei wir dann später ein Auge zudrückten und ihm eine Zwei verschafften, und vielleicht lag das wirklich alles an diesem verdammten Quotienten, der, ich kann mir nicht helfen, ein bißchen zu stark nach Vorbestimmung und daher auch Voreingenommenheit gegenüber dem Menschen riecht. Wer hätte denn meinen Eltern, einer Waschfrau und einem Fördermann, an meiner Wiege gesungen, daß aus mir ein Studienrat wird, noch dazu an einer dieser Schulen, dem früheren Gymnasium für feine Pinkels in Dornrode? Unsere Generation jedenfalls besorgte sich ihren Intelligenzquotienten selber. Ähnliches, unter anderen Bedingungen zwar und gewiß auch auf andere Art, nahm ich von Wolfgang Lichtenfeld an, um so mehr, als ich dann später erfuhr, daß er sich seine Zensuren hart erarbeitete, oft bis tief in die Nacht hinein über den Büchern hockte und büffelte und ihm das Lernen also gar nicht so leichtgefallen war, wie wir alle geglaubt hatten.

Wir konnten nicht anders, als ihn das Abitur mit Auszeichnung bestehen zu lassen. Das spricht für ihn. Doch heute frage ich mich, ob wir es denn auch anders jemals *gewollt* hätten. Seine um zwei Ziffern aufpolierte Note im Sport sagt etwas anderes aus. Längst ist es Usus geworden, die Erfolge einer Schule am Zensurendurchschnitt zu messen, und so jagen sich denn nicht selten die Lehrer und Direktoren gegenseitig mit frisierten Berichten den Rang ab, mogeln ein bißchen hier und mogeln ein bißchen dort, einige lassen gelegentlich auch schon, Beziehungen nutzend, vor den Klausurarbeiten die Prüfungsthemen aus dem Sack, gehen auch gern einmal auf die Toilette, wenn es die Klasse fordert und spicken will, und tun noch mehr. Freilich, das war nicht unsere Art, aber so ganz unbeeindruckt davon blieben auch wir nicht. Wolfgang Lichtenfeld erhielt die Lessing-Medaille. Die Nachbar-EOS in Klutzerbeck hatte ja ebenfalls eine beantragt.

Uwe Tolls.

Natürlich kann ich mich auch bei ihm nicht mit dem Motto von Deutsch-Müller begnügen: Charakterisieren Sie mal die Hauptpersonen. Er war ein Krauskopf, in doppelter Hinsicht, dem Worte gemäß, das ich bereits von meiner Mutter kannte: krauses Haar – krauser Sinn. Dunkelbraun, und die Locken bis auf die Schultern, nachdem uns diese Tracht aus dem Westen ins Haus getragen war. Die Schule, glaube ich, nahm er spätestens ab der Elften, seit ich ihn unterrichtete und ständig beobachten konnte, nicht mehr ernst und handelte manchmal nach uns völlig unerforschlichen Grundsätzen. Zu mir sagte er, es habe mit seiner Verehrung für Che Guevara zu tun, daß er sich einen Bart stehenlasse. In Kuba und Lateinamerika sei wenigstens noch etwas los. Das leuchtete mir sogar ein, ich dachte an unsere Zeit, und sollte ich ihm da mit dem Unfug kommen, das Revolutionärste im Sozialismus sei, in jedem Fach eine Eins plus zu ergattern, wo ich doch wußte, daß er höchstens im Sport und in Geschichte noch Chancen darauf hatte? Das ermuntert doch keinen jungen Burschen dazu, ein wirklicher Revolutionär zu werden! Und trotzdem: So recht traute ich seiner Begründung nicht. Wir hatten stets unsere Mühe mit ihm. Mitten im Unterricht, ich hab es erlebt, Staatsbürgerkunde, erhob er sich plötzlich und protestierte gegen irgendeine Behauptung, die sich allerdings, muß ich zugeben, bei näherer Betrachtung meist auch als ungenau, vielleicht sogar als routinehaft erwies. Da hatte man mal nicht aufgepaßt, für zwei Sekunden, und schon hakte er ein, mit solcher Bravour jedoch, daß jedenfalls mir manchmal nichts anderes blieb, als mich, wollte ich weiterhin glaubwürdig sein, zu korrigieren. Ein erhebendes Gefühl ist das gerade nicht, besonders wenn einen dann die gesamte Klasse anstarrt und auf die nächste Phrase wartet. Oft genug aber stellte er auch etwas in Zweifel, was längst zum Allgemeingut wissenschaftlicher Weltanschauung gehörte, und ich dachte dann, daß er nur die Absicht hatte zu provozieren. Sagen Sie, Herr Studienrat, Herr *Hausknecht* – die Betonung lege ich heute hinein, weil sie mir damals so vorkam –, Sie sind ein glühender Verfechter der sowjetischen Außenpolitik. Gibt Ihnen denn aber nicht zu denken, daß sowjetische Panzer auf dem Wenzelsplatz stehen, in einem sozialistischen Land also, wohin sie doch wohl am allerwenigsten gehören? Ich will hier nicht wiederkäuen, was ich entgegnete, zumal ich auf diesen Disput vor versammelter Mannschaft noch zurückkommen muß. Mich irritierte damals vor allem seine Herkunft. Wieso stellte ausgerechnet er solche Fragen? Sein Vater war Mitarbeiter der hiesigen Kreisleitung der SED, beschäftigt in der Abteilung Wirtschaft, politischer Funktionär, was er, nach entsprechenden Lehrgängen der Gewerkschaft und der Partei, als Arbeiter, Elektromotorenbauer geworden war. Seine Mutter verkaufte Textilien in einem HO-Geschäft.

Uwe Tolls bestand sein Abitur mit Ausgleich. Trotz des allgemeinen Unverständnisses, auf das ich im Kollegium stieß, gab ich ihm in Geschichte eine

Deutsch-Müller darüber. Hören Sie, Doktor, Sie waren zuletzt ihr Ordinarius, ich ihr Direktor, und noch immer unterrichten wir beide so, als sei nichts geschehen.

Er kam mir mit einer Antwort, die fast wie ein Zitat aus einer Novellensammlung klang: Das Leben hat seine Tücken, die Schule, Verehrtester, und wenn wir uns noch so anstrengen, nur ihre Lücken.

Ich spürte plötzlich Blutleere im Gehirn, wurde blaß, er muß es gesehen haben. Denn zum ersten Mal wußte ich da, was wir garantiert falsch gemacht haben. Wir haben es schon wieder mit einer nicht unbeträchtlichen Zahl von Lehrern zu tun, die auf Pädagogische Hochschulen gingen, nur weil sie anderswo keinen Studienplatz mehr auftreiben konnten, die ebensogut etwas Technisches oder anderen leblosen Kram studiert hätten, nur um als Akademiker zu gelten und versorgt zu sein. Wir haben schon wieder Erzieher erzogen, die keine sind, Wissensvermittler im besten Falle, doch keine *Pädagogen*.

Rudi Berster, Biologie und Sport unterrichtend, Parteisekretär unserer Schule, sagte, als ich ihm darüber mein Leid klagte, ziemlich grob: Nun halt mal die Luft an, Helmut. Bis zu einem gewissen Grad magst du ja recht haben. Mathematik-Müller, Deutsch-Müller und noch ein paar andere, das Fräulein Goldköpfchen zum Beispiel – ja. Doch wenn du mich mit denen in einen Topf wirfst, auch Helga Buttig und Werner Weidner und und und –

bring ich die Sache und dich dazu vor die Grundorganisation.

Und darum gerade geht es mir. Parteigruppe. Pädagogischer Rat. Elternaktivs. Um den Kreisschulrat kommen wir sowieso nicht herum. Alles, was ein Maul zum Reden hat und eine Stimme, um Beschlüsse zu fassen. Inzwischen schreibe ich etwas auf. Wir müssen klare Verhältnisse schaffen, uns wie Kommunisten benehmen, und vielleicht erhalten dann nachträglich noch Uwes Tod und Lichtenfelds beschissenes Leben einen Sinn.

Schon Monate vor dem Abitur, noch in Erwartung der Lessing-Medaille, womit das Recht verbunden ist, jedes beliebige Fach an der Universität zu wählen, konnte sich Wolfgang Lichtenfeld ein Studium aussuchen. Wir rieten ihm, in den diplomatischen Dienst zu gehen, *ich* riet es ihm, denn er hatte mich stets mit sauberen und intelligenten Argumenten in Staatsbürgerkunde unterstützt, und 1968 war abzusehen, daß die Blockade unserer Republik, betrieben vor allem durch die Westmächte, nicht mehr allzu lange dauern würde. Er aber wählte die Medizin und wurde – ich muß es so sagen – im selben Atemzug krank. Angina pectoris, mein Gott, ein Allerweltsleiden, doch in diesem Alter bereits? Die Ärzte stellten es fest, auch Goldköpfchens Vater übrigens, Dr. Blühvogel, als Wolfgang nach jedem Dauerlauf im Sportunterricht über Schmerzen hinter dem Brustbein klagte. Trotzdem schien die Sache nicht allzu dramatisch, man schob sie auf seine bis in die Nachtstunden ausgedehnten Büffeleien, aber immerhin, *uns* gab sie später Gelegenheit, ihn in seinem schwächsten Fach auf eine Zwei zu bringen, und *ihm,* sich ein Attest zu verschaffen, um nicht vor dem Studium bei der Fahne dienen zu müssen.

Anders dagegen Tolls. Die sowjetischen Panzer standen auf dem Wenzelsplatz in Prag, und unsere Truppen lagen wohl mehr symbolisch als marschbereit in den verregneten Wäldern um Bautzen. In der ersten Stunde bereits nach den Sommerferien hatte Uwe gesagt: Herr Hausknecht, und ich glaubte an der besonderen Betonung meines Namens zu erkennen, daß ihm eigentlich nur an der zweiten Silbe gelegen war, er den *Knecht* herausstrich und auf etwas anspielte wie: knechtisch, Russenknecht oder ähnliches. Warum? Man ist eben empfindlich geworden mit den Jahren, zumal in jüngster Zeit sogar schon die Schriftsteller behaupten, auch mein Schüler Lyriker mit seinen Gedichten im Klub der Intelligenz in Dornrode, prozentual kämen die meisten, die die Klapsmühlen bevölkern, aus Lehrerkreisen.

Die sowjetischen Panzer stehen also in einem sozialistischen Land, wohin sie am allerwenigsten gehören ...

Die gesamte Klasse starrte mich an.

Mir wurde es brandig auf der Zunge. Ich wollte ihm antworten, daß dies eine der unverschämtesten Provokationen sei, die mir je in meinem Unterricht begegnet sind, und wenn er sich nicht ab sofort wie ein vernünftiger Mensch in unseren Schulräumen bewege, müsse er in Kauf nehmen, zum Abitur gar nicht erst zugelassen zu werden.

Aber ich tat es nicht. Streng deinen Grips an, dachte ich, dieselbe Frage kann dir am Nachmittag schon ein anderer stellen, einer auf der Straße, einer von den Doktoren im Klub, dem du dann nicht damit drohen kannst, ihn aus der Schule zu feuern. Nein, in die Bequemlichkeit von Administrationen zu flüchten, wenn Denken verlangt wird – das würde ich mir nie verzeihen.

Sag mal, Uwe, was hätten die Vertragsstaaten des Warschauer Paktes nach deiner Meinung denn sonst tun sollen?

Er druckste und entgegnete: Na, das Normalste. *Nicht* einmarschieren.

Und was würdest du dir davon versprechen?

Doch zugleich dachte ich schon nicht mehr daran, die Diskussion mit ihm, zum Gaudi der anderen vielleicht, allein zu bestreiten. Ich wandte mich an die Klasse. Los. Allesamt. Wartet nicht auf eine Zirkusnummer, sondern zeigt mal, was ihr gelernt habt. Das Thema ist interessant genug. Und wehe, es plappert mir einer die Nachrichten der Fernsehsprecher nach. Was hinter den Dingen steckt, will ich wissen, hinter der politischen Entwicklung, wie sie sich in den Sommermonaten in der ČSSR vollzog. Auch Uwe Tolls ist ganz darauf erpicht, die Wahrheit zu erfahren. Denn wenn nicht, hätte er nach anderem gefragt.

Ein kleines Gelächter hob an, das, obwohl ich es schon nicht mehr für angebracht hielt, auf meiner Seite zu stehen schien, und kaum hatte ich geendet, meldete sich Wolfgang Lichtenfeld zu Wort.

Ich ging durch die Reihen und blickte noch diesem und jenem ins Gesicht. Nun reckten auch andere die Arme, und ich zögerte für einen Moment. Dann aber entschloß ich mich trotzdem für ihn. Ich brauchte nach Uwes Bemerkung sofort eine Gegenthese, und die traute ich Wolfgang am ehesten zu. Ich irrte mich nicht. Sie kam wie aus der Pistole geschossen. Sozialistische Demokratie und demokratischer Sozialismus. Ein Unterschied ist das wie Tag und Nacht. Wie Revolution und Konterrevolution. Ob er, Uwe Tolls, denn schon mal von der Frage: Wer – wen gehört habe. Von der Macht der Arbeiterklasse, der Diktatur des Proletariats. Das sei natürlich etwas anderes als zweitausend Worte von Schriftstellern, Schauspielern und Eiskunstläufern und eine Wirtschaftspolitik, die peu a peu den Kapitalismus restaurieren will. Auch die unkritische und starre Haltung der alten Regierung zu fehlerhaften Entscheidungen, womit sie Unmut und Unzufriedenheit unter der Bevölkerung gesät hatte, ließ er nicht außer Acht...

Ich wollte ihn gerade bremsen. Er hatte zwar recht, doch zweifelte ich, ob die anderen ihm so schnell folgen und nacheifern könnten. Gemach, gemach, alles der Reihe nach... Da aber rief Tolls: Halt deinen Vortrag doch mal vor Slowaken und

Tschechen. Vielleicht, daß sie dann *ihre* Panzer auf den Wenzelsplatz schicken.

Du mußt dich besser informieren, Mann! Wenn möglich, auf der richtigen Seite. Da gibt es nämlich unterdessen auch einen Aufruf von klassenbewußten Arbeitern und standfesten Parteimitgliedern, die die Bruderländer um Hilfe gebeten haben.

So etwa verlief es fürs erste. Aber das Ganze hatte ein Nachspiel, eine Serie von Nachspielen.

Bei passender Gelegenheit, in der Pause einer Aktivtagung, nahm ich den Genossen Tolls beiseite, Uwes Vater. Ich erzählte ihm, was geschehen war, daß sein Sohn nicht nur mir, sondern auch anderen Lehrern Sorgen bereite. »Bleiben wir nur bei der Sache im September.«

»Ich weiß. Tagelang schlich er wie ein leerer Anzug zu Hause umher, und dann hat er gebeichtet.«

»Ist das alles?«

»Natürlich nicht. Seine Mutter heulte Rotz und Wasser.«

»Was Uwe betrifft, meine ich.«

»Nein...« Tolls schien zu überlegen, druckste, woran ich seinen Sohn wiedererkannte. »Er hat auf die Väter geschimpft, auf Sie, Genosse Hausknecht, und mich.«

Ich war zunächst baff.

»Sagen Sie, wann sind denn Sie in die Partei eingetreten?«

»Neunzehnhundertachtundvierzig.»

»Aha...« Wiederum sann er kurz nach. »Oder

und Neiße damals. Die Aufteilung der Güter in unzählige Neubauernklitschen. Und wenn Sie jetzt noch behaupten, Sie hätten das alles auf Anhieb damals begriffen und nicht ebenfalls hier und dort mal schiefe Fragen gehabt, kann ich Sie nur beglückwünschen, Sie und Ihren ...« Er schwieg, zog sogar die Oberlippe zwischen die Zähne, doch ich ahnte, welchen Namen er noch hatte nennen wollen, bevor er, nicht ohne Bitterkeit, ergänzte: »... und gleichzeitig bedauern, daß Sie beide nicht schon zu Ministern avanciert sind. Wissen Sie, was das Ekelhafteste dabei ist? Daß die Sache bis in die Kreisleitung getratscht wurde und manche Genossen nun glauben, ich hätte so eine Art Dubček oder Willy Brandt unter meinem Dach.«

Stehen ließ er mich nicht. Nein, das nicht. Aber er sprach nicht weiter, sah mich nur vorwurfsvoll an.

Wieso denn mich?

Das mit den Panzern auf dem Wenzelsplatz war doch wohl nicht die erste Kollision, in die wir mit seinem Sprößling geraten waren. Da gab es ja auch noch den Auftritt mit der Volkspolizei in Burgstädt. Da gab es ja auch noch die eine Woche, in der er zum Unterricht nicht erschienen war und weder Vater noch Mutter noch die Schule gewußt hatten, wo er geblieben war. Das hielt ich ihm als erstes entgegen.

»So, so, und nun versuchen Sie nur noch, mir einzureden, Sie seien als junger Spunt nicht auch mal verliebt gewesen. Ich jedenfalls erinnere mich noch.«

»Vergessen Sie nicht, er wurde im Sperrgebiet aufgegriffen.«

In diesem Augenblick wurde das Ende der Pause eingeläutet, die Aktivtagung fortgesetzt.

Heute freilich denke ich anders darüber, und ich bin gar nicht glücklich über die Rolle, die ich damals gegenüber dem alten Tolls spielte. Ja, ich empfinde ein Schamgefühl und möchte weder ihm noch seiner Frau auf der Straße begegnen. Den Textilladen meide ich, und in die Kreisleitung bestellt, mache ich jedesmal einen Bogen um die Türen der Wirtschaftsabteilung. Uwe war ihr einziges Kind. Und ich muß den Grund finden, warum wir nicht wenigstens annähernd soviel Verständnis für ihn aufbrachten wie seine Eltern.

Doch nun, beim Schreiben, beim genaueren Hinsehen während meiner Niederschrift, scheint mir vergleichsweise auch das ein Axiom zu sein, das einer gründlichen Prüfung nicht standhalten würde. Wieviel Wert hatten wir, speziell *ich*, denn umgekehrt darauf gelegt, auch die häuslichen Verhältnisse von Wolfgang zur Kenntnis zu nehmen? Müßte ich nicht, würde ich heute danach gefragt, ebenfalls schamrot werden?

Mit dem Ingenieur Lichtenfeld sprach ich innerhalb der gesamten Schulzeit seines Sohnes höchstens zwei- oder dreimal, zuletzt auf dem Abschlußball der Abiturienten. Danach wechselte er den Betrieb und zog in eine andere Stadt. Bis dahin hatte er stets nur seine Frau – ich erwähnte es schon – als eine Art Unterhändlerin zu uns geschickt. Ich sah keinen Anlaß, an dieser Regelung etwas zu ändern. Wir hatten keine Sorgen mit Wolfgang, und die Eltern hatten sie mit ihm offenbar auch nicht.

An diesem Abend jedoch bedankte sich Lichtenfeld bei mir ganz förmlich. Er lobte die Schule, den Unterricht, lobte mich. »Ich halte es für meine Vaterpflicht, Herr Studienrat, Ihnen das einmal zu sagen. Eine solche Vermittlung von Grundwissen, eine so hohe Ausbildung, glauben Sie mir, wie mein Junge bei Ihnen genoß, vermag vielleicht niemand besser zu würdigen als ich.«

Jeder im Ort kannte ja seine Geschichte, seine Entwicklung, und jeder wußte, daß er in seinem Beruf als eine ausgezeichnete Fachkraft galt. Noch immer aber, hieß es auch, litt er darunter, es nicht bis zum Erwerb des Diploms gebracht zu haben. Diesen Nachteil gegenüber anderen seiner Kollegen versuchte er mit größerem Arbeitsaufwand zu kompensieren. Vielleicht erklärte sich daraus, daß er sich zuweilen zurückzog und gesellschaftlich nicht eben aktiv zeigte. Mir kam er bei unserem Gespräch sogar ein wenig linkisch vor.

Darauf aber hätte ich achten und seine Worte, selbst wenn sie nur auf die Gedanken seines Sohnes von Einfluß gewesen wären, nicht widerspruchslos hinnehmen sollen!

Als er nämlich ankündigte, Dornrode demnächst zu verlassen, fragte ich ihn nach den Gründen, und er entgegnete, doch ohne allen Zynismus, muß ich betonen, sogar mit einer Überzeugung, die bei mir gleiches vorauszusetzen schien: »Es ist weiter nichts als das, Herr Studienrat: Ich habe ein ungemein günstiges Angebot erhalten. Und bis jetzt liegen die Dinge wohl immer noch so, daß man seine Arbeitskraft so teuer als möglich verkaufen sollte.«

Wenigstens hatte er das von Marx gelernt!

Uwe aber hatte auf die Väter geschimpft, auf die Generation seiner Väter. Doch zeugte denn nicht die Antwort von Wolfgang von einer weitaus höheren politischen Reife als die einer Provokation zumindest verdächtigen Frage seines Freundes? Mag es sein, wie es will. Ein Vierteljahr später, Ende Dezember, überraschte uns Uwe mit einer erstaunlichen – nein, mehr –, das gesamte Kollegium geradezu aufschreckenden Entscheidung. Mathematik-Müller begann leise zu kichern, als er davon vernahm, und murmelte irgend etwas Bissiges vor sich hin. Deutsch-Müller hingegen sprach laut und ungeniert aus, was die Mehrheit dachte: »Heuchelei, pure Heuchelei. Was bleibt ihm denn sonst noch übrig mit seinen fatalen Zensuren?«

Das aber wollte ich nicht gehört haben und schlug mit der flachen Hand auf den Tisch. »Bitte, mäßigen Sie sich.«

Es war die Zeit für das allerletzte Klingelzeichen dafür, daß die Studienbewerbungen an die Universitäten und Hochschulen geschickt werden mußten, die Wünsche fürs Leben ernst wurden. Längst hatten auch wir uns – um nicht zu sagen: wie üblich – an das verbreitete Übel gewöhnt, die begabteren Schüler oder die, die wir dazu zählten, ab der elften Klasse vorzuprogrammieren, Lichtenfeld beispielsweise darauf, das Abitur mit Auszeichnung abzuschließen, wozu ihm statt zweier Zweien nur noch die Einsen fehlten und im Sport natürlich seine uns alle blamierende Vier getilgt werden mußte.

Um leistungsschwächere Schüler kümmerten wir uns weit weniger. Uns hätte es schon genügt, wenn sie am Ende nicht den Durchschnitt der Schule vermasselten. Einer der unsichersten Kandidaten war Uwe Tolls. Bisher hatte er sich stets für die Verfahrenstechnik entschieden. Doch nun überraschte er uns damit, daß er, nach seinem Berufsziel gefragt, erklärte, er wolle Offizier der Nationalen Volksarmee werden. Seine Begründung: Vor allem die Ereignisse des letzten halben Jahres hätten ihn in seinem Entschluß bestärkt.

Ich war in Hartenstein und sprach mit seinen Vorgesetzten, dem Politstellvertreter des Regiments, einem Oberstleutnant in meinem Alter, und dem Bataillonskommandeur, einem jüngeren Major. Noch vor dem Klassentreffen wollte ich wissen, wie sich alles zugetragen hatte. Die beiden wirkten zwar anfangs wie ihre Uniformen, bis obenhin zugeknöpft, und ich merkte, daß sie sich scheuten, doch wohl mehr voreinander als vor mir, Einzelheiten zu schildern, bald aber redeten sie freier, und je länger wir saßen, wurde Liebers sogar, der Oberstleutnant, ein wenig geschwätzig. Was hatten sie auch von mir zu befürchten? Ich schreibe das auf und hoffe – nicht für mich, sondern für sie –, niemand trägt es mir nach. Ich bin ohnehin von dem Jahrgang, der, gleich wo, niemals gedient hat und demzufolge von militärischen Geheimnissen soviel versteht, daß sie, wollte ich sie verraten, den Feind nur ganz exzellent in einen Hinterhalt locken würden.

Uwe Tolls absolvierte die Offiziersschule und kam als Unterleutnant in die Kaserne nach Hartenstein. Da Not am Mann war, erteilte man ihm sofort das Kommando über einen Zug Mot.-Schützen, der bis dahin von einem Feldwebel geführt worden war, und mit dieser Konstellation begann seine Angst – seine Angst, sofern es sie für ihn gab.

Zunächst jedoch will ich noch sagen, daß es für mich recht sonderbar zu erfahren war, wie sehr er auf dem Abschlußzeugnis der Offiziersschule alle Ergebnisse, Noten, die er bei uns erzielt, durcheinandergeschüttelt oder gar auf den Kopf gestellt hatte. In Marxismus-Leninismus gerade noch eine Drei, in den übrigen theoretischen Fächern, Kartographie, Physik – soweit sie mit dem Militärwesen zu tun hatte, Waffentechnik zum Beispiel –, Strategie und Taktik oder wie sie sonst heißen mögen, durchweg Zweien, doch in allem, was die praktische Ausbildung betraf, – steile Einsen. Da hörte ich hin. Fast wäre er in den vier Jahren ein Musterschüler geworden, wenn er sich nicht auch gewisse, die Dozenten im Politunterricht in Verlegenheit bringende Fragen geleistet hätte. Ich schmunzelte vor mich hin, als mir die Erinnerung kam. Doch Oberstleutnant Liebers hob erstaunt seine grannigen Brauen und packte mich streng am Schlafittchen: »Was ist, was finden Sie daran so komisch?«

Ich versuchte ihm zu erklären, worum es mir ging.

»Typisch. Ihr Zivilisten seid viel zu weich. Ihr schickt uns immerfort Abiturienten, die mit Rosinen gefüttert wurden. Soldat sein, im besten Sinne des Wortes, *Volksarmist,* ist nichts, was Halbheiten, gar Kompromisse duldet. Er hat den Sozialismus zu schützen, und das erfüllt er entweder gut oder schlecht. Der Ernstfall würde darüber sehr schnell eine exakte Entscheidung fällen. Denn dann tötet unser Soldat entweder den Feind oder der Feind tötet ihn. Wenn Sie mich fragen, lautet meine Parole, die ich den Genossen stets begreiflich zu machen versuche: Ihr habt Befehl zu leben.«

Der Major nickte und hakte endlich ebenfalls die Öse an seinem Uniformkragen mit den blitzenden, weiß auf Silber gewirkten Spiegeln der Waffengattung auf.

Doch wenn die Moralpauke mir galt, traf sie denn auch auf Uwe zu?

Nein, Genosse Hausknecht, Herr Schulmeister.

Als der Bataillonskommandeur vor stillgestandener Front Uwe den Zug übergab, grinste einer im vordersten Glied, der Feldwebel Siegmund, ein Arbeiterjunge, der inzwischen sechs Jahre gedient hatte. Den lasse ich auflaufen, muß er gedacht haben, den mit seiner schönen Fassade und noch schöneren Theorie; den nehme ich hoch in der Praxis.

»Ich kannte sie damals noch nicht«, sagte der Major. »Ich war noch Kompaniechef im dritten.«

Wir saßen im Kasino, und Liebers befahl dem Kellner, einem Barmixer im Zivilberuf, drei doppelte Wodka zu servieren. Ich lehnte ab, ich war mit dem Wagen hier.

»Dann einen für dich, Gefreiter.«

»Vielen Dank, Genosse Oberstleutnant.« Der Kellner straffte sich militärisch, schlug die Hacken zusammen, doch in der weißen Jacke, die er trug, wirkte es trotz allem nur interhotelmäßig.

Liebers trank. »Wir kriegten Wind von der Sache. Ich bestellte sie zu mir und hörte mir beide gewissenhaft an. Was habt ihr gegeneinander? Sind wir eine Armee, die sich in Klassen aufstückelt und daran zerreibt? Die Offiziere auf der einen und die Unteroffiziere und Soldaten auf der anderen Seite? Raus mit der Sprache, Genosse Unterleutnant, was ist geschehen? Genau das, was ich vermutet hatte, ein Anachronismus in jeder Beziehung.«

Die Kaserne von Hartenstein – muß man nun wissen – liegt mit ihrem Haupttor an einer Ausfallstraße der Stadt und grenzt mit ihrer Rückseite an den Parzellen einer Kleingärtnerkolonie. Ihr am nächsten befinden sich einige Trakte mit Mannschaftsunterkünften, und da die dortige Mauer die Höhe einer Eskaladierwand nicht übertrifft, ist es für durchtrainierte Soldaten ein leichtes, sie in der

Dunkelheit unbemerkt zu übersteigen. Meist machen diejenigen davon Gebrauch, die nach einem Ausgang den Zapfenstreich überschreiten und die Wache am Tor, die natürlich Meldung erstatten würde, umgehen wollen. Manchmal bleibt aber auch einer auf diesem Wege bis in die Morgenstunden fort. Nicht selten decken ihn dann seine Kameraden, und nur eine plötzlich ausgelöste Nachtübung würde dergleichen Disziplinarverstöße ans Licht bringen.

Uwe Tolls jedoch kam bald auch ohne Alarm dahinter. Schon während eines ersten routinemäßigen Rundgangs als Offizier vom Dienst fiel ihm auf, daß nach dem Signal zur Nachtruhe mehrere Zimmer der Kompanie nicht voll besetzt waren. Die Betten waren zwar mit Kissen, Decken, Bündeln aus Kleidungsstücken und anderen Gegenständen so geschickt hergerichtet, daß es aussah, als schliefe jemand darin, doch er ließ sich nicht täuschen und befahl der Mannschaft, im Korridor anzutreten. Auch von seinem Zug fehlten zwei Männer.

Die Sache wirbelte ziemlichen Staub auf. Es hagelte Strafen für die betreffenden Stubenältesten, und die beiden Soldaten seines Zuges, die erst kurz vor dem Wecken in die Kaserne zurückkehrten, wurden arretiert.

Es gab Aussprachen in den Kollektiven und verschärfte Kontrollen, und alles wäre wohl damit erledigt gewesen, wenn nicht noch ein Schatten dieser Nacht auf den Feldwebel Siegmund gefallen wäre. Auch unter seinem Kommando, hieß es, seien ähnliche Vorkommnisse passiert, doch er, obwohl er davon gewußt, habe sie stillschweigend geduldet.

Das roch nach Kumpanei. Tolls verlangte von ihm eine Erklärung, und nachdem er den Vorwurf bestätigt gefunden hatte, reichte er gegen ihn einen Verweis ein. Damit aber begann ihr Kleinkrieg.

»So hören Sie sich doch wenigstens meine Gründe an, Genosse Unterleutnant.«

»Für unerlaubtes Entfernen von der Truppe? Dafür gibt es keine.«

»Ja, so haben Sie es auf der Schule gelernt. Aber die armen Schweine, die jetzt im Arrest sitzen... Haben Sie sich mit denen schon einmal unterhalten?«

»Ich führe eine militärische Einheit und keinen Kindergarten. – Treten Sie weg!«

Seitdem versuchte Siegmund, die Stimmung unter den Soldaten gegen Tolls zu schüren. Es zeigten sich Gemurre und Unlust bei der Befolgung manchen Befehls. Uwe hatte es schwer mit der Gefechtsdisziplin, und im Gegensatz zu früher schnitt in den nächsten Wochen der Zug auch nicht mehr als einer der besten im Wettbewerb ab. Er suchte nach Ursachen, erinnerte sich der Worte des Feldwebels und nahm sich die beiden Soldaten vor, nachdem sie aus dem Arrest entlassen waren.

Beider Verstöße rührten von Mädchengeschichten her. Doch während der eine keine ernsthaften Gründe zu nennen wußte, er lediglich die Nacht hindurch gesumpft hatte, unterdrückte der andere, ein Gefreiter, der die Schützenschnur und das Bestenabzeichen trug, nur mit Mühe seine Erregung. Auch schneuzte er sich ein paarmal zu oft in sein Taschentuch. Ja, er war mehrmals über die Mauer geklettert. Seine Verlobte wohnte in der Stadt, und da sie ihn kaum noch besucht und ihm nur selten einen Brief geschrieben habe, sei er unruhig geworden und habe gefürchtet, sie liebe inzwischen einen anderen. Er wollte sie nicht verlieren und sei deshalb manche Nacht bei ihr geblieben. Am meisten bedrückte ihn jetzt, daß ihm zusätzlich zum Arrest für einen Monat der Ausgang gesperrt worden war.

Uwe verstand ihn sogar. Was hätte denn er nicht alles unternommen, wenn er geglaubt hätte, daß seine Frau ihn betrog? Er stellte sich vor, sie schickte ihm nur jede Woche noch einen Brief.

»Aber mit Ihren Extratouren, Genosse Gefreiter, lösen Sie doch nichts. Im Gegenteil. Sie reiten sich damit nur von einer Kalamität in die andere. Ich mache Ihnen einen Vorschlag von Mann zu Mann. Wir laden Ihre Braut zu einem hoffentlich klärenden Gespräch in die Kaserne ein.«

So geschah es. Das Mädchen erwies sich übrigens als vernünftig. Die Liebesschlacht wurde gewonnen, das Verlöbnis gerettet. Im Zug sprach sich die Methode herum und wurde für gut und gerecht erachtet. Der Feldwebel fand immer weniger Verbündete gegen seinen Vorgesetzten. Und Uwe bedankte sich sogar bei ihm für die Kritik, da sie auch ihm geholfen habe.

»Mir blieb daraufhin nichts anderes«, sagte

Liebers im Kasino, »als das einfühlsame und äußerst pädagogische Vorgehen Ihres ehemaligen Schülers zu loben.«

Ich schloß mich im stillen seiner Meinung an. Ich hatte zu meiner Freude auch noch die Gewißheit, soeben etwas gelernt zu haben.

Die Ärzte in Katzow empfingen mich anfangs zwar mit größerer Freundlichkeit als die Offiziere, doch knauserten sie später mit ihr immer mehr und stellten zum Schluß nur noch Höflichkeit aus. Ich weiß nicht, für wen sie mich hielten, und so muß ich mir über das Wirken Wolfgang Lichtenfelds hier im Kreiskrankenhaus mehr zusammenreimen, als ich tatsächlich Verbürgtes über ihn erfuhr.

Soviel vorerst: Nach sechsjährigem Studium und einer cum laude bestandenen Promotion war er hier eingetroffen, um seine Zeit als Assistenzarzt, wie er es selber nannte, »abzuschrubben« und so schnell als möglich wieder zu »verduften«. Er hatte sich für die Chirurgie entschieden, und diese war es denn auch, die ihm, ohne daß er es freilich beabsichtigt hätte, in erweiterter Kausalität sozusagen, zum ersten Mal zum Verhängnis wurde.

Man schrieb das Jahr 1976. Volkswahlen waren angesetzt. Doch bevor ich zu ihnen komme, muß ich wohl rekapitulieren, was sich bis dahin zutrug.

Auch an der Universität zeichnete er sich durch besonderen Lerneifer aus. Dort allerdings – hörte ich vom Ersten Sekretär der Katzower Kreisleitung – war es um seine gesellschaftspolitische Aktivität schon weniger gut bestellt als vorher an unserer Schule.

»Na schön«, murmelte ich, so daß es als Widerspruch kaum hätte aufgefaßt werden können, »die Qualität eines Arztes wird daran gemessen, wie viele Personen er vom Tod zum Leben befördert und nicht umgekehrt, auch nicht daran, ob er besser das Parteilehrjahr hält als das Skalpell.«

»Deine Argumente«, entgegnete der Erste Sekretär, »sind für einen, der Staatsbürgerkunde unterrichtet, ziemlich dumm. Denn erstens kann man nicht, und sei man ein noch berühmterer Doktor als Albert Schweitzer oder Professor Sauerbruch, einen Menschen ins Leben zurückbeordern, sobald er tot ist, und zweitens wären wir allesamt schon heilfroh, wenn sich die Herren Mediziner wenigstens einmal in der laufenden Saison im Parteilehrjahr *sehen* ließen; denn daß sie es *halten* sollen, verlangt ja keiner.«

Also hatte ich mich auch mit ihm angelegt. Nicht anders als Lichtenfeld. Und dieser Fehler kam mir teuer zu stehen. Fortan übte auch er sich in Förmlichkeit, blickte immer öfter auf seine Armbanduhr und drohte mir mit seinen nächsten Terminen im Kalender.

Dieses verfluchte Nest aber auch! Katzow an der Katze, einem Rinnsaal, das sich träge durch ein paar Seen schiebt, ehe es in die Havel mündet. Angesichts meines Zorns hatte ich Wolfgang Lichtenfeld beinahe schon verziehen. Doch ich hütete mich, der tristen Laune dieser hinterwäldlerischen Landschaft noch länger zu verfallen und Defätismus zu verbreiten. Jede Küche hat ihre eigenen Gewürze, jeder Ort seinen eigenen Sinn. Lichtenfeld hätte ihn erkennen müssen. Die Leute in Mecklenburg sind nicht anders hilfebedürftig als die am Rande des Harzes oder in den Ballungsgebieten. Mag auch hier die Geschichte manches gründlicher bewegt und bewältigt haben als dort. Ein Kranker ist ein Kranker. Auf der letzten Südseeinsel an der Datumsgrenze genauso wie im Kreml oder im Buckinghampalast. Doch das zu sagen, wäre ein anderer wohl besser geeignet als ich. Ein Schüler ist ein Schüler – Deutsch-Müller, Mathematik-Müller werden die Nase rümpfen, wenn sie solche Gedanken lesen, und den Aufstand der Minderbegabten dahinter vermuten.

Wolfgang – und allem Anschein nach trogen weder unsere Zensuren noch unsere Beurteilung über ihn – verhielt sich auch weiterhin wie ein As, ein Star, ein Primus, ein Glückskind eben. Seine Professoren prophezeiten ihm eine unbändige Zukunft, eine berauschende Karriere. Mit diesem Versprechen in der Tasche verließ er die Universität und fühlte sich darin erst enttäuscht, als ein neuer Direktor das Krankenhaus in Katzow übernahm. Knappe vier Monate war er gerade dort und wurde bereits von Schwestern, Laborantinnen und auch Akademikern, die ohnehin alles anbeteten, was von den fernen Tempeln der Wissenschaft bis zu ihnen vordrang, vergöttert. Bisher hatte er es mit einem etwas senilen Internisten als Chefarzt zu tun gehabt, der den Operationssaal nur noch aus Fachbüchern kannte und wegen Morphinismus abgelöst werden mußte. Jetzt aber überwachte ein Chirurg jeden seiner Handgriffe, und was das Allerschlimmste an dem Manne war, er hielt nicht viel von Zeugnissen und sonstigen Gutachten, die irgendwelche Schulen und Institute über irgendwelche Absolventen angefertigt hatten. Er war ein Bauer, hatte seinen Studienweg über die Arbeiter-und-Bauern-Fakultät angetreten und mokierte sich gelegentlich mit einem selbstbewußten, daher auch fürchterlich lauthalsen Gelächter darüber, daß er, würde es nach seinen Zensuren gegangen sein, höchstens Friseur hätte werden können, Bader und Quacksalber, wie es früher geheißen. Andererseits hatte er sich als Chirurg bereits einen Namen erworben, einmal sogar einem vielgelesenen und ministerratsreifen Schriftsteller durch entschlossenes Handeln das Leben gerettet. Ich bedaure sehr, ihn während meines Aufenthalts in Katzow nicht kennengelernt zu haben. Vielleicht hätte er mir eine solidere Auskunft über Lichtenfeld gegeben. Und vielleicht, hätte man ihn nicht nach einem dreiviertel Jahr schon wieder abberufen und in eine höhere Funktion versetzt, wäre auch Wolfgang von ihm, und zwar ganz untherapeutisch, geheilt worden.

Dieser Mann, so wurde berichtet, habe auf ihn einen nahezu magischen Einfluß ausgeübt. Er habe ihn in der Arbeit schätzen gelernt, was allerdings umgekehrt noch in weit größerem Maße der Fall gewesen sei. Dr. Lichtenfeld, ja, habe sich durchaus in der Praxis bewährt, und insofern sei der Ruf, den ihm seine Professoren „cum laude" vorausgeschickt hatten, keineswegs geschmeichelt gewesen. Bis zu zwölf Stunden am Tage, nicht selten bis in die Nacht hinein, standen die beiden und ihr Team im Operationssaal. Eingriffe bei Appendizitis (Blinddarmentzündung, wie der Deutsche sagt), Knochenbrüche, auch komplizierte, waren ihnen längst zur Gewohnheit geworden. Aber sie flickten auch Organe wieder zusammen, an die sich sonst nur die Charité wagen würde, und einmal hielten sie sogar einen, der aller zehn Minuten das Zeitliche segnen wollte, in einer vierstündigen Operation mit fortwährenden Herzmassagen so sehr am Leben, daß er heute wieder tanzt und Kinder zeugt. Es ist ein Genossenschaftsbauer, ein medizinisches Wunder. Er war in eine Dreschmaschine geraten. Der Chef habe mehrmals geschnauft: Wenn wir den nicht durchkriegen, hüte ich wieder Kühe und hacke Rüben. Und danach haben sich beide betrunken, daß sie am nächsten Tag noch unfähig waren, nur einen Finger zu rühren.

Zweifellos, in diesem Arzt hatte Wolfgang sein Vorbild gesehen. Doch was war vorausgegangen, daß er nach dessen Ankunft vorerst nur den Mut sinken ließ? Etwa ein solches Gespräch:

Der Chef bestellte ihn zu sich.

»Hören Sie, ich habe Ihre Kaderakte gesichtet und will nicht, daß Ihre Professoren Lügen gestraft werden. Strengen Sie sich an – nun, wie sage ich es, ohne Sie zu beleidigen –, Ihr, unser Handwerk zu beherrschen. Ja, wir sind weder Phänomene noch Medizinmänner von Comanchen oder Apachen, auch wenn uns die Patienten noch dafür halten. Unsere Arbeit ist keine andere als die eines Schlossers, Klempners, Mechanikers. Der einzige Unterschied: Wir reparieren am Menschen, und der, so jedenfalls lehrt es die schöngeistige Wissenschaft, ist der höchstentwickelte, mit Leben durchhauchte Organismus auf Gottes Erde. Das soll er mit unserer Hilfe auch lange bleiben. Kapiert? Gut. Wenn es so ist, bitte ich Sie, sich fortan nur noch darauf zu konzentrieren. Verstehen Sie mich nicht falsch. Auch die Karbolmäuschen sind sehr lebendige Wesen, mitunter sogar sehr hübsche. Doch sie haben einen Nachteil. Sie legen sich in der Regel nicht zu uns auf den Operationstisch. Kapiert? Wenn ja, dann halten Sie bitte Ihre diesbezüglichen Ambitionen in Grenzen und geben Sie Ihrem Teint mal wieder eine gesunde Farbe. Mir riet schon meine Mutter, eine geplagte, aber weise Frau: Entweder eine oder keine. Das wär's. Morgen früh beginnen wir mit einer Kehlkopfgeschwulst. Und ich wünsche, daß Sie dazu sehr, sehr ausgeruht erscheinen.«

Aber war es denn ein Gespräch? Eine Antwort jedenfalls schloß es nicht ein.

Wolfgang überwand jedoch bald seine Enttäuschung, stürzte sich in die Arbeit und ließ es an Ehrgeiz nicht fehlen. Sein Selbstvertrauen wuchs, und als sich der Chefarzt dann von dem Krankenhaus verabschiedete, fühlte er sich sicherer als jemals zuvor. Er wußte, wem er es zu verdanken hatte, und zeigte sich, was mich wunderte, da ich dergleichen nie an ihm beobachtet hatte, beim letzten Händedruck tief bewegt.

»Machen Sie weiter so, Genosse Lichtenfeld.«

»Sie können sich auf mich verlassen.«

Die Worte waren kaum verklungen, als im neuerbauten und festlich geschmückten Kulturhaus von Katzow eine Versammlung zu den Volkswahlen stattfand. Die Kandidaten stellten sich vor. Der Erste Sekretär der Kreisleitung war als Abgeordneter für den Bezirkstag nominiert worden, und nachdem er sich nach ein paar erläuternden Sätzen zur Person wieder gesetzt hatte, stand Wolfgang Lichtenfeld auf und machte von seinem Recht als Wählervertreter ziemlich rigorosen Gebrauch.

Noch auf Betreiben des soeben verabschiedeten Direktors war bereits gegen Ende des Winters von den Ärzten des Kreiskrankenhauses eine Art Eingabe an den Rat des Bezirkes verfaßt worden, in der die nahezu chaotischen Verkehrsverhältnisse auf der dicht an Katzow vorbeiführenden Transitstrecke kritisiert und energisch gefordert wurde, bis zur nächsten Glatteiszeit die Bäume an beiden Seiten der Straße zu fällen. Wir sind leider gezwungen, hieß es darin, uns auf die bittersten Erfahrungen zu stützen, und besonders unsere chirurgische Abteilung bekommt tagtäglich die verheerenden Auswirkungen zu spüren. Ohne schwarz zu malen, müssen wir sagen, daß mindestens fünfzig Prozent der Unfälle weit glimpflicher verlaufen und mancher Verunglückte noch bei heilen Gliedern und am Leben wäre, hätten die Bäume dort nicht das ihrige getan... Zwar war inzwischen eine Eingangsbestätigung erfolgt, doch noch keine Antwort, wie es die Gesetze für eine bestimmte Frist vorschrieben, die auf eine Bearbeitung der Eingabe hätte schließen lassen. Darauf berief sich nun Wolfgang Lichtenfeld und nahm es zum Anlaß, die Situation erneut in aller Ausgiebigkeit, gespickt mit erschreckenden Details sowohl von der Strecke als auch aus dem Operationssaal, zu schildern und eine weltuntergangsähnliche, eine Science-Fiction-Stimmung heraufzubeschwören. Auto raste da gegen Auto, Wolgas und Wartburgs explodierten nicht anders als Opels und Porsches an den Bäumen, und die Sterbenden verröchelten in Massen. Nachdem er auf diese Weise rundum im Saal und auf dem Podium lang und länger werdende Gesichter erzeugt hatte und die Betretenheit nicht mehr zu steigern war, stellte er seine Fragen, wobei er in allem, glaube ich, nur seinen Meister übertreffen wollte.

»Genosse Sekretär, Sie fungieren ja auch in der noch jetzt gültigen Legislaturperiode als Bezirkstagsabgeordneter. Wie aber haben denn Sie als Katzower, und zwar nicht als irgendeiner, sondern als der erste Mann in der Stadt, darauf reagiert, damit der unmögliche Zustand direkt vor unserer Haustür in Ordnung gebracht und endlich die Bäume gefällt werden?«

Die Versammlung schüttelte sich, überwand

ihren Schock, witterte statt dessen eine Sensation und wartete nun gespannt darauf, was der Erste wohl antworten würde.

»Ich bedaure es wirklich sehr, Genosse Doktor, daß Sie und Ihre Kollegen nicht den Weg in die Kreisleitung der SED gefunden haben. Die leidige Sache wäre gewiß schon längst aus der Welt geschafft.«

»Aber es betrifft ja die ganze Straße, nicht nur ihren Bogen um Katzow.«

»Davon habe ich nichts gewußt.«

»Was denn...« Er fühlte sich stärker werden und genoß wohl auch schon die Bewunderung, die, wie hier und dort an den Augen abzulesen, seiner Kühnheit gezollt wurde. »Nicht gewußt, daß die Bäume auch weit über unseren Kreis hinaus ein tödliches Verkehrshindernis bilden? Na, na... Mindestens einmal wöchentlich benutzen doch Sie und Ihr Fahrer ebenfalls die Transitstrecke, um in die Bezirksstadt und wieder zurück zu gelangen.«

Der Erste Sekretär begann jetzt zu schwitzen. Schon gereizt, duckte er zwar seinen massigen Körper über dem Tisch auf dem Podium, als sammelte er Kräfte zu einem Sprung, aber er wollte wenigstens noch dieses Verhör einigermaßen gütlich beenden.

»Nein doch. Von der Eingabe habe ich nichts gewußt.«

»Tja. Worüber berät man denn dann im Bezirkstag, wenn nicht über die Sorgen und Nöte...« Er unterbrach sich.

Ein dramatischer, nach den Regeln altgriechischer Dramaturgie geradezu katastrophenzusteuernder Einfall kam ihm. „,... wenn nicht über *Leben* und *Tod* der Bürger?"

»Aber ich bitte Sie, Dr. Lichtenfeld! Worüber entschieden wird, das müssen Sie den Abgeordneten schon selber überlassen.«

Gewiß, die Antwort war weder geschickt noch klug. Der Erste Sekretär – zu recht, meine ich – verwahrte sich auch gegen den Ton, vergaß aber dann zu erklären, er werde sich dafür einsetzen, daß die Bäume gefällt würden.

Dieses Versäumnis hielt ihm Wolfgang sofort vor, und er sagte: »Sie haben mich nicht überzeugt, und somit kann ich Ihnen leider nicht mein Vertrauen schenken. Ich stelle den Antrag, Sie von der Kandidatenliste zu streichen.«

Was an diesem Abend nur einmal geschah, es mußte abgestimmt werden, und außer ihm erhoben auch noch einige andere gegen den Ersten Sekretär die Hand.

»Bist du denn von allen guten Geistern verlassen, Genosse?« hieß es später, als Wolfgang Lichtenfeld in seiner Grundeinheit und vor der Kontrollkommission der Kreisleitung zur Rechenschaft gezogen wurde. »Organisierst hier fast einen Aufruhr gegen die Partei!«

»Wieso denn? Sind unsere Wahlen nun demokratisch, oder sind sie es nicht?«

»Wo bist denn du in die Partei eingetreten? Er ist unser Spitzenkandidat. Aber durch dein Gehabe erhält er vielleicht am Wahltag die meisten Gegenstimmen im Kreis.«

Die Bäume wurden gefällt. Doch Wolfgang erhielt von seiner Partei eine Strafe, weil er dessen Disziplin verletzt hatte.

Wie man sich irren kann...

Doch indem ich es hinschreibe, stocke ich schon. Ein solcher Satz besagt nichts. Er klingt schon wie Umgangsdeutsch. Jeder gebraucht ihn, wenn er nur Kleingeld wechselt und sich verzählt. Er ist eine Phrase, die uns bestenfalls reinwaschen will. Viel richtiger, konsequenter müßte es heißen: Wie oberflächlich sind wir gewesen. An der Oberfläche sind wir geblieben. Nicht eine Idee schürften wir tiefer. So jedenfalls bei nicht wenigen Schülern und nachgewiesen inzwischen von den beiden. Als seien wir Schneider statt Lehrer, haben wir uns die Anzüge angeschaut, aber nicht die Menschen. Wir haben höchstens in die Gesichter geblickt, aber nicht in die Gedanken. Wir haben Zensuren auf Antworten gegeben, aber nicht darauf, was hinter den Antworten stand, Überzeugung oder nicht doch Heuchelei. Oder haben wir etwa alles getan, um Persönlichkeiten zu formen? Ich wage es zu bezweifeln. Und wenn, so war es oft eine Nebenerscheinung, ein Zufallsprodukt, manchmal sogar entgegen unserem Wollen. Wir haben mit unseren Zeugnissen und dem Einmaleins bis zur Fünf in jedem Halbjahr keine *Charaktere gebildet,* sondern lediglich *Bildung charakterisiert.*

Ich weiß, ich werde mich für diese Behauptung verantworten müssen – und so soll es auch sein! Man wird mich fragen – nein, nicht danach, woran jetzt Deutsch-Müller und Mathematik-Müller denken, nach meinem Anteil als Direktor an dieser Pleite, nein –, man wird mich fragen, ob wir Lehrer allein die Schuld daran tragen oder ob es nicht auch schon schuldige Vorschriften, Anordnungen und Verfügungen gibt. Wenn sich bereits die Sportreporter bei jeder beliebigen Wettkampfschilderung darauf einlassen, vor aller Welt den Nachwuchssprinter Karlchen X für seinen Notendurchschnitt von 1,2 und die erst dreizehnjährige Spitzenschwimmerin Lieschen Y für den von 1,00 zu loben, darüber jedoch vergessen, was für Wesen sie sind, heitere oder ernste, offenherzige oder verbiesterte, ob sie überhaupt noch weinen und lachen können und was sie außer der Jagd nach Rekorden und Bestzensuren noch im Kopf haben – dann muß wirklich, nach Shakespeare, was faul sein in Dänemark.

Hätte mir jemand, ohne die Namen zu nennen, die beiden Episoden erzählt, und zwar vor dem Klassentreffen, bevor ich die Nachrichten erhielt, nein, wohl doch schon vor dem Gespräch im Herbst letzten Jahres bei mir zu Haus auf der Höhe, hätte ich prompt den Angriff auf den Ersten Sekretär von Katzow Tolls zugetraut und die Verteidigung des Soldaten, der über die Kasernenhofmauer stieg, Lichtenfeld. Ein Fehlurteil also nach immerhin noch *neun* Jahren. Und nun sage ich trotzdem: Wie man sich irren kann. War denn die eine sowohl als auch die andere Verhaltensweise schon damals zu erkennen? Wenn ja – und darauf läuft doch wohl alles hinaus –, hätten *wir* versagt und könnten uns nicht hinter anderen verstecken.

1944 war es, bereits gegen Ende des Krieges. Wie in jedem Herbst stoppelten wir Jungen auf den abgeernteten Feldern Kartoffeln, lasen Ähren, gruben Hamster aus und legten nun auch, da der Hunger zunahm, Fangschlingen vor den Bauen von Wildkaninchen. Wir wußten in der Senke des Vorharzes um unser Dorf einen Ort, wo sie besonders stark hausten. Es war ein Hügel, den wir nach ihnen benannten, bestanden mit dichtem Gebüsch, Holunder, Hagebutten und Pulverholz, und ein paar Bäumen, Vogelbeeren und Pappeln.

Eines Tages wurden wir bei unserer Wilddieberei überrascht. Wie die Felder und Wälder ringsum gehörte auch der »Karnickelberg« dem Grafen von Dornrode. Er ließ sich zwar selten hier sehen, bewohnte – wie übrigens noch heute – ein Schloß in Bayern oder Hessen, hatte aber für seine Besitzungen in unserer Gegend einen Verwalter eingesetzt. Der kam nun geritten, mit einer Meute Hunde um sich, entdeckte uns und ließ sie von der Leine. Da kläfften sie uns an. Wir waren zu dritt, sie mindestens ein halbes Dutzend. Einer stürzte sich auf mich. Ein braunweiß geschecktes Tier, ein Raubtier in meiner Erinnerung, Wolf oder Schlimmeres. Ich sah den schaumigen Speichel auf seinen Lefzen. Er zerrte an meiner Hose, biß mich ins Bein, daß ich blutete. Der Verwalter in grüner Jägerkluft saß auf dem Pferd und lachte. Ich aber wußte mich nicht zu wehren, suchte nach einer Waffe. Einen abgebrochenen Ast, einen Knüppel vielleicht. Fand ihn nicht. Floh. Der Hund mit Geheul und gefletschten Zähnen hinter mir her. Noch einmal sprang er mich an und riß mir eine Wunde. Und der Mann mit dem Hut und dem Bocksbart daran lachte. Oh, hätte ich etwas in den Händen gehabt! Ich hätte ihn und den Köter erschlagen. Noch heute verfolgt mich diese Hatz. Ich schrecke auf in den Träumen. Inge, meine Frau, fragt mich, was ist, fühlt meine Stirn, und die ist ganz heiß. Am Oberschenkel habe ich von damals zwei tiefe Narben.

Doch nicht das ist es, was ich erzählen wollte. Ich ziehe mein eigenes Erlebnis nur zum Vergleich heran, um zu sagen, daß wir die Reaktion von Uwe Tolls vielleicht unterschätzten, als er das seinige mit dem Hund hatte.

Sie befanden sich in der Zehnten und waren nach Burgstädt gereist, zur Exkursion. Mathematik-Müller war ihr Klassenlehrer. Die Jugendherberge, in der sie übernachteten, lag etwas außerhalb der Stadt, und zu ihr hinauf führte eine Straße, die von einer Reihe Gaslaternen zur einen Seite beleuchtet wurde.

Tagsüber hatte man die Museen und Gedenkstätten hier besichtigt und war abends vom Laufen und dem wortreichen Schwall der unterschiedlichsten Führungen durch die Geschichte, die Bergbautechnik und die heimatliche Volkskunst ohnehin müde, zum Imbiß in eine Gastwirtschaft eingekehrt. Während sofort danach Mathematik-Müller mit den Mädchen und dem bravsten Teil der Jungen die Herberge aufsuchte, blieben einige noch mit seinem Einverständnis bei Cola und Limonade sitzen, tranken später dann aber doch Bier und Härteres. Nach und nach verzogen auch sie sich, und die letzten, die aufbrachen, waren Lichtenfeld und Tolls.

Gewiß mag bei dem Folgenden auch der Alkohol seine Wirkung getan haben, obwohl mir beide noch lange versicherten, sie seien nur angeheitert, nicht aber betrunken gewesen. Die Umstände, wenn ich's mir recht überlege, sprechen dafür. Denn wer könnte schon noch die Geschicklichkeit und die Kraft aufbringen, wäre er voll wie ein Stausee, der Reihe nach auf etwa zwei Dutzend Laternenpfähle zu klettern?

Das aber geschah. Auch erfuhren wir später, viel später erst freilich, nachdem über diese Sache längst Gras gewachsen war, die nächste jedoch bevorstand, daß der eigentliche Anstoß dazu von Wolfgang stammte.

»Wir sind die letzten«, hatte er gesagt (und nicht doch gelallt?), »und ein uraltes deutsches Sprichwort lautet: Der Letzte löscht das Licht aus.«

Uwe verstand zunächst nicht, was er meinte.

»Energie sparen, Bruderherz. Ist doch völlig unökonomisch, dieser Unsinn. Nach uns kommt keiner mehr hier herauf. Doch schau dir das an: Hunderte Kubikmeter wertvolles Gas verbrennen, verpuffen für niemanden und nichts und gehen der Volkswirtschaft verloren. Erinnere dich mal an den Vortrag im Bergbaumuseum, wie schwer es die Kumpel haben, die Kohle zu fördern. Sie schuften und rackern sich ab. Was aber macht denn der Lampenputzer von Burgstädt? Er schläft, schläft, schläft...«

Natürlich war es eine Schnapsidee, und wir konnten sie keineswegs billigen. Uwe Tolls jedoch muß sie in diesem Moment so hell eingeleuchtet haben, wie er sofort sich bemühte, die Laternen dunkel zu schalten. Dazu stieg er von einer zur anderen.

Womit aber beide selbst bei aller Nüchternheit nicht gerechnet hätten, war, daß sie von Anfang an von zwei Volkspolizisten beobachtet wurden. Die waren soeben auf ihrem Streifengang am oberen Ende der Straße angelangt und entdeckten nun, wie die Lampen in regelmäßigen Abständen von einer Minute erloschen. Da sich die seltsame Erscheinung jedoch auf sie zubewegte, fanden sie keinen triftigen Grund, ihr entgegenzugehen. Sie brauchten sich nur ein Versteck zu suchen und dort zu warten, bis sich das Rätsel von selber löste. So taten sie es, und vielleicht war das ihr Fehler. Denn aus dem Spaß (und nennen wir es ruhig wie damals: groben Unfug) wurde im Handumdrehen fast blutiger Ernst.

Tolls wollte seine Energiesparaktion gerade beenden, rutschte vom vorletzten Pfahl herunter und wurde von Lichtenfeld in die Arme genommen und mit Beifall bedacht, als sie sich plötzlich im

Lichtkreis der letzten Laterne von den Volkspolizisten und einem knurrenden Schäferhund gestellt sahen.

»So, meine Herren. Nun wollen wir euch mal die Quittung präsentieren. Und glaubt nicht, wir sind von der Gasanstalt. Die Personalausweise, bitte.«

Wolfgang begannen die Knie zu zittern. So wird es gewesen sein. Uwe aber, noch in dem naiven Bewußtsein, etwas Nützliches geleistet zu haben, gebrauchte alle Argumente, die er noch kurz zuvor von seinem Freund und Anstifter gehört hatte.

»Halten Sie gefälligst den Mund.«

Der Ton wurde schärfer. Auch der Hund knurrte lauter. Er zerrte schon ungeduldig am Lederzeug und bellte.

Ein Wort muß das andere ergeben haben. Und während Lichtenfeld bereitwillig kuschte, wohl auch angab, er habe seinen Begleiter vor jeder Laterne zu warnen versucht, setzte der sich zur Wehr und verschlimmerte somit nur seine Lage.

»Erst nehmen Sie mal das Vieh weg«, schrie er. »Oder ich bringe es um.«

Doch er bewirkte das Gegenteil. Der Hundeführer lockerte die Leine. Das kräftige und für Verfolgungen abgerichtete Tier gebärdete sich wie wild. Es duckte sich, stemmte seine Vorderpfoten in den weichen Boden am Wegrand, wühlte ihn auf, sprang, nur eine Armlänge entfernt, vor Uwe auf und ab.

Er zog aus der Hosentasche ein Waidmesser und ließ die Klinge aufschnappen.

Einer der beiden Männer griff nach dem Gummiknüppel, doch der andere sprach beschwichtigend auf ihn ein. Sie verständigten sich beide und gingen schließlich, nur dem Hund noch Befehle erteilend, davon.

Wenig später jedoch, kaum daß sich Lichtenfeld und Tolls in der Herberge bei Mathematik-Müller zurückgemeldet hatten, traf ein Streifenwagen mit rotierendem Blaulicht ein. Lehrer und Klasse gerieten in hellste Erregung. Was aber hätte denn ich in dieser fatalen Situation an Müllers Stelle getan?

Widerstand gegen die Staatsgewalt, und man konnte es drehen und wenden, wie man wollte, sie blieb es.

Die Genossen nahmen ein Protokoll auf und baten auch den Lehrer um eine Einschätzung seiner beiden Schüler. Er stellte sich demonstrativ hinter Lichtenfeld, lobte ihn wegen seiner sonstigen Besonnenheit und fügte hinzu, er könne sich den bedauerlichen Vorfall nur so erklären, daß Wolfgang von Uwe verführt worden sei. Auf Tolls warf er dann alle Schuld, zumal der, aus falsch verstandener Kameradschaft gewiß, bereit war, die volle Verantwortung zu tragen. Müller tat sogar noch mehr, viel mehr, und als ich ihn danach fragte, nach seinen Gründen, antwortete er mit aller Überzeugung, deren er fähig war: »Na, hören Sie, Chef. *Ein* Delinquent in der Klasse hat mir gereicht. Indem ich Lichtenfeld schonte, habe ich nur den Ruf – bitte, notieren Sie das – unserer Schule retten wollen. Und außerdem: Um Tolls war es ja wohl nicht schade. Es ist doch wirklich ein himmelweiter Unterschied zwischen den beiden.« Ich widersprach ihm natürlich. Doch er berief sich auf seine pädagogischen Pflichten und wiederholte, worüber er, soweit es Uwe anging, auch schon der Burgstädter Volkspolizei, wie er sich ausdrückte, reinen Wein eingeschenkt habe.

Alle Kleinkariertheit der deutschen Schulmeister kam da zum Vorschein, und mit Pädagogik hatte es so wenig gemeinsam wie ein Dreschflegel mit der Erziehung der Hirse: Haartracht wie die Beatles, Vorliebe für schräge Musik und – wie man soeben in flagranti habe studieren können – für Alkohol, hemmungsloser Oppositionsgeist, Jeans zum Blauhemd!

Er hatte ein Bild von ihm entworfen, das dem eines Wegelagerers, eines Asozialen glich und das ihm Uwe seither wohl niemals verzieh.

Inzwischen völlig ernüchtert, zeigte er sich zwar einsichtig und bereute seine Tat, aber es half zunächst nichts; die Genossen nahmen ihn mit auf die Wache und behielten ihn noch zwei Tage bei sich. Von ihnen erfuhren wir dann übrigens aus einem Begleitschreiben, warum sie ihm mildernde Umstände zuerkannt hätten: Er war bereits einmal als Kind von einem Hund angefallen und verletzt worden.

Jeder Formalismus hat seine Doktrinen, zuweilen sogar recht lächerliche, so daß, würden nicht auch sie noch genug Schaden anrichten, die vernünftigen

Menschen nichts als ihren Spaß daran hätten. Deutsch-Müller zum Beispiel, wie schon zu Urväter-Zeiten, verbietet für seine Aufsätze strikt dreierlei: die Wörter *machen* und *kaputt* zu gebrauchen und einen Satz mit *und* anzufangen, und hält das für den Gipfel des Sprachbewußtseins. Wer dagegen verstößt, mag er sich anderweitig auch noch soviel Kluges einfallen lassen, bekommt keinen Pardon und muß von vornherein mit einer schlechteren Note rechnen. Wie juckt es mich da, auf sein Dogma jetzt den Satz zu knallen: *Und* ich *mache* es ihm *kaputt*.

Ähnlich muß Uwe Tolls empfunden haben, als er sich nicht im mindesten darum scherte. Mein letztes Erlebnis – so lautete das Thema. Zwei oder drei Unterrichtsstunden hatte die Klasse dafür Zeit, und er schrieb nur und schrieb, schaute weder nach links noch nach rechts und hegte nur einen Gedanken, vielleicht sogar mit der Hoffnung auf Verständnis, sich freizureden.

Was er jedoch nicht einkalkuliert hatte, war, daß ihm dabei sein Aufsatz weit über den gesteckten Rahmen hinaus geriet. Die meisten schilderten irgendeine flache Urlaubspartie oder das Drumherum zu Ostern und Weihnachten. Er aber nannte Dinge beim Namen, die ein keineswegs günstiges Licht auf die nunmehr in der Elften von Deutsch-Müller geleitete Klasse warfen, und zog generell das Vertrauensverhältnis zwischen Lernenden und Lehrern an unserer Schule in Zweifel. Zweitens: Er versuchte sich nachträglich noch für etwas zu rechtfertigen, worüber alle Beteiligten längst mit der größten Entschiedenheit ihr Urteil gefällt hatten. Seine *Und* an den Satzanfängen spielten dabei wohl wirklich nur noch eine untergeordnete Rolle.

Folgendes war vorausgegangen:

Im März/April achtundsechzig erschien Uwe Tolls nicht zum Unterricht, und wir, ahnungslos wie so oft, erfuhren es erst am nächsten Morgen, auch, daß er nachts nicht zu Hause gewesen war. Schon in aller Frühe kam sein Vater zu mir, und indem er nur mühsam seine Beherrschung bewahrte, fragte er mich, ob irgendein Anlaß in der Schule seinen Sohn fortgetrieben haben könnte. Ich zuckte mit den Schultern, ich wußte es nicht, fand eine solche Vermutung jedoch empörend und entgegnete ziemlich barsch: Einen Grund, den Unterricht zu schwänzen, kann es nicht, darf es nicht, hat es ganz einfach für einen EOS-Schüler nicht zu geben. Wohin sollte das schließlich führen, wenn wir dergleichen auch nur in Erwägung zögen! Etwas unruhiger aber wurde ich dann, als Uwe auch in den nächsten Tagen nichts von sich hören ließ und verschwunden blieb. Mit dem alten Tolls stand ich in telefonischer Verbindung. Entweder rief er mich an oder ich ihn. Doch stets dasselbe. Keine Nachricht. Nichts. Schon hatten wir die Volkspolizei informiert, da erreichte seine Eltern eine Ansichtskarte aus einem Flecken jenseits des Harzes. Bilder darauf von Wanderwegen, irgendeinem »Josephskreuz« und einem Ausflugslokal. Auf der Rückseite nach Datum und Anrede nur zwei Sätze:

Nehmt mir meine Flucht nicht übel. Ich halte es nicht mehr aus in diesem spießigen Kaff Dornrode.

Aber es war eine Spur. Ein paar Dörfer weiter wurde Uwe noch am selben Tag erkannt und gestellt.

Nach seiner Rückkehr begannen die Aussprachen. Da der Ort, in dem man ihn aufgegriffen, bereits im Sperrgebiet lag, nur wenige Kilometer von der westlichen Staatsgrenze entfernt, war besonders die FDJ nicht zimperlich mit ihrer Kritik. Der Verdacht kam auf, er habe die Republik verlassen wollen. Zwar bestritt er es heftig, und es konnte ihm auch nicht nachgewiesen werden, aber seinen Beteuerungen glaubte man ebenfalls nicht. Das Mindeste, was wir ihm daraufhin erteilen mußten, war ein Verweis. Denn, sah man die Sache so, war es bereits sein zweiter Zusammenstoß mit den Gesetzen des Landes.

Darüber also schrieb er, und leider haben wir damals versäumt, eine Abschrift von seinem Aufsatz anzufertigen, so daß ich ihn nur noch aus dem Gedächtnis und nicht wörtlich zitieren kann. Er schrieb:

Bis heute wurde ich nur verbal, nicht aber mit dem nötigen Ernst und der erforderlichen Achtung vor mir danach gefragt, warum ich, nein, nicht vor Dornrode, sondern vor der Schule fortgelaufen bin. Spätestens seit einem Jahr fühle ich mich hier als das schwärzeste aller schwarzen Schafe. Wenn man einen Prügelknaben braucht, obwohl die Züchtigung mit Schlägen ja wohl verboten ist, kommt man auf mich. Gewiß, Sie, Herr Dr. Müller, und Ihre Kollegen benutzen keinen Rohrstock mehr. Aber ahnen Sie denn überhaupt, daß seelische Züchtigung, psychischer Druck weit schmerzlicher sein kann? Schon wenn ich etwas zu sagen habe, heißt es: Aufgepaßt, dessen Vater ist bei der Kreisleitung der SED. Das hängt mir an, und das hängt sogar meiner Frisur und meinen Jeans an, so als seien sie Transparente mit antikommunistischen Losungen. In Burgstädt damals wurde ich wohl nicht zuletzt auch deshalb von Ihrem Namensvetter, dem Mathematiklehrer, ans Messer geliefert, Wolfgang Lichtenfeld hingegen wie in Watte gepackt, jedenfalls mit dem Mantel des Schweigens umhüllt. Er aber ist es gewesen, der mir riet, die Gaslaternen zu löschen. Nur weil er keine drei Klimmzüge hintereinander am Reck schafft und nicht einmal eine Kletterstange hinaufkommt, mußte ich für ihn die Arbeit machen. Als ich dann alle Verantwortung auf mich lud, hat er sich gedrückt, nein, er versuchte sogar, sich reinzuwaschen. Zugegeben, ich befand mich im Sperrgebiet, was gegen mich spricht. Kann denn aber die Schule von mir nun erwarten, daß ich bei einem, der sich so verleugnete, Sinn für Gerechtigkeit voraussetze? Nein, tausendmal nein! Lichtenfeld jedoch hatte den Vorsitz in der Verhandlung gegen mich in der FDJ-Gruppe. Mein letztes Erlebnis – das ist das Thema, und ich soll es beschreiben. Und ich tue es ehrlich. Trotzdem aber, da ich kein Vertrauen mehr zu meinen Lehrern habe, werde ich nicht die Gründe nennen, die mich zu meinem in den Augen anderer sicherlich unbedachten Schritt verleiteten. Aber es gibt diese Gründe. Das sollen Sie wissen. Und ich möchte damit nur sagen, daß ich ihretwegen von Dornrode abgefahren bin, mit dem erstbesten Zug, ohne Ziel. In einer x-beliebigen Kleinstadt stieg ich aus. Das hätte auch auf dem Mond sein können, denn ich bemerkte auf dem Bahnhof nicht einmal ihren Namen. Ich hatte nur noch eine Sehnsucht: wollte allein sein, weit weg von Spießern und Affen. In den Bergen, in den Wäldern mit mir allein. Ich klopfte bei Bauern an und schlief im schon modrigen Heu ihrer Scheunen. Was kann ich dafür, meine Absicht jedenfalls war es nicht, daß ich in den Fünf-Kilometer-Streifen geriet. Mir war es doch sch. . .egal, wohin ich lief. Straßen mied ich. Ich fürchtete sie. Und ich kämpfte mich lieber über felsige, vom Geröll überschüttete Wege und den feuchten Moosboden abgelegener Heiden. Bis ich dann nach einem Dorf suchte, weil mich der Hunger peinigte und ich mir etwas zu essen kaufen wollte. Bitte, Flucht aus Dornrode ja, doch Flucht aus der Republik – das wäre mir nicht einmal im Traum eingefallen. Warum glauben Sie mir nicht? Ich weiß, warum. Sie denken inzwischen nur noch in Schablonen. Die Grenze ist für Sie nichts als die Grenze. Und wehe, es wagt einer, die Grenzen einmal zu überschreiten, wobei ich nicht die geographisch gezogenen meine, sondern diejenigen, die schon wieder von den Normen einer kleinbürgerlichen Moral gesetzt werden. Dann werden Sie alle nervös und trauen demjenigen, der sie durchbricht, nur noch das Schlechteste zu. Lichtenfeld tat es. Auch Sie. Und nun verzeihen Sie bitte: Das ist mein letztes und zugleich sehr niederdrückendes Erlebnis. Die Heuchelei bei meinen Mitschülern und meinen Lehrern hat mich erschreckt. So wurde ich um zwei Erfahrungen reicher: Unter uns Schülern tobt ein mächtiger Konkurrenzkampf, einer will den anderen ausstechen. Und die Lehrer betrachten uns nicht als ihre Verbündeten, gar Freunde, sondern als ihre Gegner.

So muß es, verknappt, geklungen haben. Manche Wendungen habe ich noch deutlich im Ohr.

Doch das war ja nicht alles. Zugespitzt wurde die Situation dadurch, daß auch Wolfgang Lichtenfeld nicht den Gabentisch unterm Weihnachtsbaum zu seinem Aufsatzthema gewählt hatte, sondern denselben Vorfall aus seiner Sicht:

Ich habe das niemals für möglich gehalten. Plötzlich stehe ich einem Freund gegenüber und muß ihn, entgegen meinen Gefühlen, doch mit nüchternem und vor allem unbestechlichem Verstand verurteilen. Über eine Woche blieb er unentschuldigt der Schule fern. Die Volkspolizei griff ihn jenseits des Harzes auf, verdächtigerweise im Sperrgebiet und, wie man daher annehmen muß, auf dem besten Weg, die Grenzsicherungsanlagen zu durchbrechen und sein sozialistisches Vaterland zu verraten. Bis zu diesem Zeitpunkt schätzte ich ihn als einen ehrlichen, wenn auch nicht gerade sehr klugen, sich selbst ständig mit seiner poltrigen Offenmütigkeit schadenden Menschen. Trotzdem war es für mich persönlich stets erfrischend, ihm zuzuhören, wenn er ohne Hemmungen sagte, was er dachte. Das machte (nachträglich gestrichen und darübergesetzt:) prägte ihn liebenswürdig. In unserer Aussprache aber vor dem FDJ-Kollektiv beschlich mich zum ersten Mal das ungute Gefühl, daß er verschwieg, was hinter seiner Stirn wirklich vor sich ging. Daher rührt meine Beklemmung. Anzeichen dafür gab es bei ihm – und ich sehe keinen Grund, seinen Namen noch länger zu verheimlichen –, Uwe Tolls, allerdings schon früher. In Burgstädt zum Beispiel, als er die Lampen löschte und sich gegenüber den Genossen, statt Ordnung, Disziplin und Besonnenheit zu zeigen, wie ein Rowdy benahm. Noch diese Szene vor Augen, finde ich heute, daß ein derartiges Verhalten bei ihm zur Methode geworden ist, er uns bisher nur getäuscht hat und, um es mit einem Wort politisch zu definieren, zum Anarchismus neigt. Vom Marxismus und speziell von Lenins Theorie über die Rolle des Staates hat er so wenig begriffen wie nach Jahrmillionen noch immer die Maus von der Existenzberechtigung der Katze. Nur deshalb handelte er auch diesmal so und ließ vage Empfindungen über seine – möglicherweise – noch vorhandenen Einsichten siegen. Damit brüskierte er alle, die sich um ihn bemühten, schlug die Hände aus, die sich ihm hilfreich entgegenstreckten. Ein Mensch mit einem solchen Charakter jedoch kann mir nicht länger ein Freund sein. Ein ständiger Umgang mit ihm würde mich zweifellos daran hindern, die mir von der Gesellschaft übertragenen

Pflichten gewissenhaft zu erfüllen. Folglich – und das verlangt nach meiner Überzeugung die Konsequenz revolutionärer Sittlichkeit – muß ich mich von ihm trennen. Wie schwer aber fällt mir dieser Entschluß! Mir ist, als stürbe an meiner Seite ein Kamerad. Und (nachträglich gestrichen) es ist mein erschütterndstes Erlebnis seit langem. Mich quält ein tiefer Konflikt. Habe ich ihn verlassen, oder verließ er mich? Doch der Gang der Geschichte – und damit versuche ich mich zu trösten – ist unerbittlich. An ihm ist nicht zum ersten Mal eine Freundschaft zerbrochen.

Soweit Wolfgang. Ich habe auch das aus der Erinnerung übernommen und dabei, was mir damals sofort auffiel, als ich den Text las, nicht einmal seine mehrfach gestrichenen *Und* vergessen.

Nach diesen Aufsätzen aber, vor allem den Angriffen von Tolls auf die Lehrer, blieb uns nichts anderes übrig, als uns erneut mit dem Fall zu beschäftigen. Er hatte Unglaubliches, nahezu Phantastisches von unserer Schule behauptet. Bald stiegen wir dann auch hinter die Zusammenhänge

Zuvor jedoch sei mir erlaubt zu erwähnen, wie unbeherrscht, noch mehr, wie herrlich total verrückt ich einmal war, nachdem ich mich als Siebzehnjähriger in ein Mädchen verliebt hatte. Inge, meine Frau, war es nicht, aber sie kennt natürlich die Geschichte. Die Kleine hieß Barbara, und mein Pech bestand darin, daß sie nicht in meiner Klasse war, sondern in die nächsthöhere ging. Sie hatte mich völlig benebelt. Es gab auch schon zwischen uns beiden die ersten Versprechen und Küsse, ein paar gemeinsame Fahrradtouren, Kinobesuche und zum Wochenende den üblichen Schwof in einem Tanzlokal. Plötzlich aber erfuhr ich, daß sich einer aus ihrer Klasse um sie bemühte. Er schrieb ihr im Unterricht Liebesbriefe, und einer geriet mir zufällig in die Hände. Während einer Pause zückte Barbara auf dem Schulhof ihr Taschentuch, hinterher flatterte das süße Geheimnis. Ich hob es auf, noch ohne jede Ahnung. Karopapier. Mein Blick fiel darauf. Ein paar Zeilen. Aber das war doch nicht *meine* Schrift, und seit wann begann *ich* mein Gesäusel mit solchem Kitsch: Herzallerliebste...? Großer Auftritt also. Eifersuchtsszenen beherrschte ich damals am besten. Bärbelchen aber schwor Unschuld und Treue.

Alle meine Rachegelüste richteten sich nun gegen den Nebenbuhler. Er war ohnehin so ein Lackaffe, den ich schon aus anderen, politischen Gründen nicht ausstehen konnte. Auch Besonnenheit, Ordnung oder gar Disziplin, wie Lichtenfeld es nannte, waren damals nicht meine Stärken. Also – was tun? Die Pause war vorüber, und ich hatte eine Freistunde. Ein glühheißer Tag brütete über der Stadt. Die Fenster der meisten Klassenräume waren geöffnet. Mit einem Mal entdeckte ich hinter dem einen das Gesicht meines Rivalen. Er kauerte über seinem Tisch und schrieb. Womöglich schon wieder einen Liebesbrief. Herzallerliebste... Das alles muß plötzlich mein Blut zum Kochen gebracht haben. Irgend etwas in meinem Kopf machte klick, hakte aus. Armstütz und Satz über die Brüstung. Vorn an der Tafel stand ein Lehrer. Kümmerte mich nicht. Ich packte den Feind beim Kragen, riß ihn aus seiner Bank und versetzte ihm ein paar schallende Ohrfeigen. Im nächsten Moment war ich schon wieder wie Gérard Philipe aus dem Fenster. Was mir dann aber der Direktor, noch einer von der alten Schule, für Töne flötete, verschweige ich lieber.

Bei den beiden jedoch, Tolls und Lichtenfeld, ging es wohl härter zu.

Seit Wochen, wußte auch ich, hatten sich zwischen Uwe und dem Goldköpfchen Ingrid zarte Bande gesponnen. Nein, verborgen blieb es uns nicht. Sie wurden öfter zusammen gesehen, auf dem Schulhof, auf Bummelwegen durch die Stadt. Ein Vierteljahr oder länger wird es bereits gedauert haben.

Fräulein Blühvogel (und übrigens ist sie bis heute, Lehrerin bei uns für Französisch und Russisch, noch nicht verheiratet) war zwar die Schönste im Land, wenngleich mit ihrem langen und seidigen Blondhaar kein Schneewittchen, aber ihr Intelligenzquotient, worauf ja auch sie fortwährend anspielt, hätte durchaus noch einiges mehr zu dividieren gehabt. In die Erweiterte Oberschule war sie nur gekommen, weil ihr Vater, einer der angesehensten Ärzte im Kreis, darauf bestanden hatte. Braver Durchschnitt also, was ihre Leistungen betraf, sonst jedoch, ihr hübsches Gesicht, ihre Figur, überhaupt das ganze Persönchen, einsame Spitze. Welcher Junge vernarrte sich damals denn nicht in sie? Und so, dachten wir, würde sie ihren künftigen Weg auch ohne die besten Zensuren gehen. Irgendein Prinz würde sich schon für sie finden. Uwe Tolls, darin waren wir uns einig, wäre es garantiert nicht.

Doch vorerst hielt sie sich eng an ihn, wich ihm keinen Schritt von der Seite, und dem Anschein nach taten beide auch sehr verliebt. Im Unterricht allerdings wurde es dann immer deutlicher, daß sie von ihm gewisse Verhaltensweisen übernahm, die wir nicht länger dulden konnten. Was vorher nie der Fall gewesen war, sie brachte es hin und wieder zu ein paar aufsässigen Antworten. Schon hörte ich im Kollegium einige Bemerkungen – nein, nicht einmal Klagen – darüber, ob denn Uwe den günstigsten Einfluß auf sie habe und seine Ansichten nicht auf sie abfärbten. Mag sein, daß es stimmte. Doch wenn es so war, hatte es auch etwas Komisches an sich. Denn erstens klingt Aufsässigkeit und sogar Dummheit von hübschen Lippen weit weniger scharf und deshalb erträglicher als von bärtig umrahmten. Zweitens war es ihrerseits ohnehin nur ein Nachplappern; eigene Gedanken jedenfalls wie bei ihrem Meister verbargen sich nicht dahinter. Wurde sie dessen überführt, setzte sie sich nur still wieder hin, errötete leicht, zog ein Schmollmündchen und suchte im nächsten Augenblick Uwes Gesicht, der hinter ihr saß, um wenigstens von ihm eine Bestätigung zu erhaschen. So schien es uns, und ich kann heute nicht mehr mit Sicherheit sagen, ob wir uns darin nicht ebenfalls gründlich täuschten.

Ihre – nennen wir es so – Protesthaltung stieg, ihre Zensuren sanken. Wenn wir uns Dr. Blühvogel nicht zum Gegner machen wollten (auch noch ein solches Zugeständnis, das unsere Pädagogik beleidigt), mußten wir einen weiteren Leistungsabfall seiner Tochter verhüten und Gegenmaßnahmen ergreifen. Sie brauchte vor allem in den naturwissenschaftlichen Fächern jemanden, der ihr Förderunterricht erteilte, einen Paten aus der Klasse. An Tolls war dabei nicht zu denken. Die Wahl fiel auf – wen sonst – Wolfgang Lichtenfeld. Und nun trat wohl eine der merkwürdigsten Situationen zwischen jungen Leuten beiderlei Geschlechts ein.

Uwe begleitete Ingrid von der Schule nach Haus, immer noch auf etlichen Umwegen durch die Parks und die nähere Umgebung von Dornrode, doch hatte er die Villa des Arztes erreicht, stand dort bereits Wolfgang und wartete auf seine Schülerin. Er durfte mit ihr in die Wohnung, gar in ihr Zimmer. Uwe aber war noch nie weiter als bis an die Gartenpforte gelangt. Mit der Zeit wurde Lichtenfeld auch immer kühner, nahm Goldköpfchens Arm, trug die wenigen Meter noch ihre Tasche, hakte sich bei ihr ein und verabschiedete sich von seinem Freund mit Augenzwinkern und einem triumphierenden Grinsen.

Wie sollte sich Tolls da nicht abgeschoben fühlen, nicht eifersüchtig und wütend werden? Eines Tages hielt er Ingrid zurück und drohte Lichtenfeld Prügel an. Das aber paßte nun keineswegs in das Bild einer von Dr. Blühvogel und Gattin sittsam erzogenen

Tochter über junge Männer. Sie stieß ihn von sich und schrie. Offenbar sehr hysterisch. Ihre Mutter öffnete die Villentür, sah die beiden kampfbereiten Hähne mitten im gepflegten Frühblüherbeet, jagte den einen in zerschabten und verwaschenen Jeanshosen davon und begrüßte um so freundlicher den anderen im karierten und sauber gebügelten Anzug.

Von Deutsch-Müller (oder war es nicht doch Mathematik-Müller?) gab es dann wenig später im Unterricht eine diesbezügliche Andeutung: »Man kann Ihnen zu Ihrer Wahl, Ingrid, nur herzlichst gratulieren. Sie und Ihr jetziger Partner machen ja wirklich enorme Fortschritte.«

Nach dieser wie auch immer gemeinten Belobigung schaute sich Wolfgang, der vor ihr saß, nach ihr um. Sie nickte ihm lächelnd zu. Uwe konnte weder das eine noch das andere entgangen sein.

Am Abend des Klassentreffens, angesichts der zwei leeren Stühle, brach sie in einen Weinkrampf aus. Später, nachdem sie sich beruhigt hatte, fragte ich sie sehr vorsichtig, was damals denn noch geschehen sei.

Sie schüttelte nur den Kopf und schwieg. Vielleicht hatte Uwe, bei der Unbedingtheit seines Charakters, noch einmal versucht, sie zur Rede zu stellen und ihre Liebe zu erzwingen. Ich erfuhr es nicht. Unmittelbar danach jedoch war er mit einem Zug abgereist, ohne Ziel, ja, ich glaubte ihm jetzt, war er *geflohen* vor Dr. Blühvogels Villa und unserer Schule.

Als Deutsch-Müller die Klassenaufsätze zurückgab, hob er sich Uwes als letzten auf.

»Leider kann ich Ihr Werk insgesamt nur mit einer mageren Drei bedenken. Von der Form sehen wir einmal ab. Rechtschreibung und Grammatik – na schön. Aber Inhalt und Ausdruck. Vier, in beiden Fällen eine Vier. Doch das sind wir von Ihnen gewöhnt, und bis zum Abitur haben Sie ja noch Zeit, sich bei mir und unserer Schule dafür zu entschuldigen. Die Aufgabe, Tolls, war doch wohl unmißverständlich formuliert: Mein letztes Erlebnis lautete sie, nicht: meine letzte *Ungezogenheit.* Das Thema also haben Sie völlig verfehlt. Danebengehauen, wie man in der schönen bildhaften Volkssprache sagt. Mit dem Ausdruck aber, dem Stil, *Stil,* stehen Sie ja, zu meinem Erstaunen, ebenfalls auf Kriegsfuß. Wie oft habe ich es Ihnen denn angeraten: Wörter wie *machen, kriegen,* die verschiedenen Tempora von *haben* und *sein, kaputt, nett* und so weiter treiben der deutschen Sprache die Schamröte ins Gesicht. Doch nun zählen Sie nur einmal Ihre Satzanfänge mit dem hilf- und geistlosen *Und.* Außerdem bin ich wohl gehalten, Ihr Produkt dem Herrn Direktor zur Kenntnis zu geben. Ich hoffe, mich nicht zu irren, daß dergleichen auch Ihrem Interesse vollauf entspricht, Ihre Kritik nämlich, oder was immer es sein mag, dort anzubringen, wohin sie gehört.«

Als ich den Aufsatz dann las, wurde mir sofort klar, daß er niemals nur eine Drei verdient hatte. Das Thema war *nicht* verfehlt, ebensowenig wie von

Lichtenfeld, den Dr. Müller gebeten hatte, seinen Aufsatz zum Vorbild für die anderen vorzutragen. Mein Fehler damals aber war, daß ich mich nicht entschließen konnte, die Zensur für Tolls zu revidieren, und es bei ihr beließ. Ich stand vor der Frage: Lehrer oder Schüler. Und ich nahm lieber die Ungerechtigkeit gegenüber einem Schüler in Kauf, als an der Autorität eines Lehrers zu rütteln.

Weit weniger dramatisch als im Falle Uwes verlief Ingrids Verhältnis mit Wolfgang. Schon kurz nach dem Abitur trennten sie sich. Wie es schien, lösten beide nur einen Kaufvertrag auf, nach dessen Regeln er sie während der gesamten Zwölften mit Spickzetteln versorgt und ihr Vater sich dafür bei ihm mit einem Attest revanchiert hatte. Heute, mit achtundzwanzig Jahren inzwischen und noch unverheiratet, verdreht sie nun statt den Schülern den Lehrern und, wie aus dem Klub zu hören, der halben Stadtintelligenz die Köpfe, und eines Tages, was mir nicht nur zu Ohren, sondern sogar auf den Tisch kam, brachte sie auch die Ehe eines Komplementärs aus dem Nachbarkreis auseinander, wobei sie danach allerdings auch ihn wieder fallen ließ. Doch es hat keinen Sinn, sie wegen ihrer Eskapaden ins Gebet nehmen zu wollen. Sie beruft sich auf die Gleichberechtigung der Frau, die Freiheit der Persönlichkeit (und wenigstens hat sie das noch aus der Staatsbürgerkunde bei mir in Erinnerung), auf die Immunität der Intimsphäre und hält überdies jedesmal die gerade anstehende Liebschaft für ihre innigste, tiefste und komplizierteste. Was soll man dagegen ausrichten? Ich weiß es nicht, bin hilflos in solchen Dingen. Niemand tut es ihr offenbar recht, weder der Schauspieldirektor unseres Provinztheaters noch ein Wäschelieferant. Der Prinz, wie wir damals glaubten, ist ihr noch nicht begegnet. Mir soll es egal sein. Hauptsache, sie bleibt ihrem Unterricht treu und lehrt Französisch und Russisch. Als alte, verwelkte Jungfer wird sie gewiß nicht sterben.

Ähnlich wie ihr ergeht (erging) es wohl auch Wolfgang Lichtenfeld. Der Bauersmann, jener rustikale Feldchirurg, hatte das Katzower Krankenhaus kaum verlassen, und schon, außer Kontrolle geraten, fortan ohne einen echten geistigen Kontrahenten, fühlte sich unser Doktor bemüßigt, sich wieder zur Schau zu stellen und den Kreissekretär in Schwierigkeiten zu bringen. Auch liebte er wieder, trotz aller drastischen Warnungen vorher, die Karbolmäuschen, sah sich bei dieser und jener um, provozierte Neid und Mißgunst unter den Schwestern, zeigte aber nicht die geringste Lust, sich schon fürs Leben zu binden. Seine diesbezüglichen Aversionen wurden dadurch bestärkt, daß er zu diesem Zeitpunkt noch begründete Hoffnungen hegen konnte, demnächst der Stadt den Rücken zu kehren und sich – mindestens – an einer Universitätsklinik der Forschungsarbeit zu widmen. Was also sollte er sich hier, nach seinem Verständnis, in der Wüste, in der mecklenburgischen Taiga, mit einer Frau oder gar einer Familie belasten? Sein

Ehrgeiz verlangte nach anderem, als nur Knochenbrüche zu heilen, Kinder zu zeugen und großzufüttern. Um so erstaunter und sprachlos war dann das Publikum, als es erfuhr, nach seinem Urlaub in Bulgarien, er sei mit einer Verlobten dorthin gereist.

Doch zurück nach Katzow. Hier, sagte man mir, sei er ein tüchtiger, jederzeit einsatzbereiter und sich bis zur Erschöpfung verausgabender Arzt gewesen. Wenigstens hatte er das nicht nach den Lektionen bei seinem ehemaligen Chef vergessen. Aber um sicher zu gehen und nicht ohne ein gewisses Mißtrauen gegenüber Auskünften von Medizinern, fragte ich auch den Kreissekretär danach. Du weißt, worauf es mir ankommt. Mich stört es auch nicht, Genosse, wenn du mich weiterhin anfauchst und unsere Erziehungsmethoden in Zweifel ziehst. Genau darum, ihre Richtigkeit zu überprüfen, bin ich ja hier.

Der Erste klappte seinen Terminkalender wieder zu, rief seine Sekretärin von nebenan, bat sie, ihn bei irgend jemandem zu entschuldigen und für uns beide Kaffee zu kochen, und schaute mich an. »Ich habe mir vorhin deinen Namen nicht gemerkt. Ging alles so schnell. Ich heiße Dieter.«

»Helmut Hausknecht.«

»Du bist schon eine Type. Natürlich, wenn es dich beruhigt, war er das, Dr. Lichtenfeld. Fachlich. In der Chirurgie unser bester Mann zuletzt. Hätten wir ihm sonst soviel Zucker in den Hintern geblasen? Ich spreche aus eigener Erfahrung. Vom zweiten rückte er bald zum ersten Assistenten auf. Vor der

Zeit. Das nahmen ihm nicht einmal seine Kollegen übel, die doch sonst immer mit aller Strenge auf die Einhaltung ihrer Hierarchie achten. Eines Tages, sein Chefmechaniker, als welchen sich früher der ABF-Doktor bezeichnet hatte, befand sich gerade im Urlaub oder war anderweitig verhindert...«

»Aus eigener Erfahrung?« unterbrach ich ihn.

»Bist und bleibst eben ein Lehrer, Helmut. Bin doch schon mittendrin, dir das zu erzählen.«

»Entschuldige, Dieter.«

Aus allen Himmelsrichtungen seines unendlichen Bauches, sagte er, habe er Schmerzen gespürt, nein, keine ideologischen, sondern solche von der ganz gemeinen Art, die einen von innen her in die Luft sprengen wollen. Fast eine Woche dauerte das. Zwar flauten sie manchmal ab, kehrten jedoch um so heftiger wieder. Die Internisten quälten sich ab mit ihren Diagnosen und verschrieben ein Medikament nach dem anderen. Ihr Befund: verschleppte Gastritis. Haben Sie irgendwann verdorbene Speisen gegessen? Sind Sie in letzter Zeit außergewöhnlichen Erregungen, psychischen Belastungen ausgesetzt?

Papperlapapp, Menschenskinder. Befreit mich von diesem Sprengstoffattentat in meinem Wanst. Hab keinen Liebeskummer. Und verdorbene Speisen? Nein. Alkoholmißbrauch? Nur bei Empfängen. Aber Aufregungen hat so einer wie ich wohl immer. Da klappt es weder hinten noch vorn mit der Versorgung, obwohl Katzow im Sommer ein Zentrum für Feriengäste ist und die uns alles wegfressen. Da mußt du den Rat der Stadt darauf bringen, daß er die Gemüseläden und Kaufhallen anweist, jedem Kunden nur einen Beutel Kartoffeln auszuhändigen. Manche jedoch, sobald sie das spitzkriegen, ziehen dann erst recht von Geschäft zu Geschäft und veranstalten die reinsten Plünderungen. Heidelbeeren, Pilze und Pflaumenmus, womit man sich früher hier totschmeißen konnte, sind inzwischen Delikatessen und stehen auf der Abschußliste aller Zelter. In den Wäldern krabbeln mehr Sachsen umher als Ameisen. Da kommt auch noch einer, der sich hier einen Bungalow gebaut hat, irgend so ein Akademiemitglied. Er liegt mit dem Auto fest, das Kupplungsseil ist gerissen. Die Werkstatt wimmelt ihn ab, hat kein Ersatzteil. Sieben Mark dreißig kostet das Ding. Er aber soll sich für zweihundertachtzig in seine Heimat abschleppen lassen. Überleg dir das mal! Doch ein Monteur aus derselben Bude quatscht ihn dann an, will den Schaden reparieren, wenn er mit Westgeld bezahlt wird. Man hält sich die Nase zu, weil es stinkt, fragt sich, wohin das noch führen soll. Also machst du die Nacht noch zum Tag und diktierst am laufenden Band Rapporte ...

»Du wolltest von deiner eigenen Erfahrung mit Lichtenfeld berichten«, sagte ich wieder.

»Will ich doch auch. Und ich bin doch schon längst dabei.«

Jedenfalls war es bei ihm weder eine Gastritis noch eine Gallenkolik. Fast zufällig schaute sich Wolfgang sein Krankheitsbild an. Immerhin war der Erste Sekretär ihr Patient, und in ähnlichen Situationen hatte sich auch sein ehemaliger Chef zu schnellem Handeln entschlossen. Verdacht auf Blinddarmentzündung, Appendizitis. Sofort in den Operationssaal. Schneiden. Öffnen. Seine Vermutung stimmte, und beinahe wäre jeder Eingriff zu spät erfolgt. Der Wurmfortsatz war bereits vereitert und stand kurz vor dem Platzen. Die Wunde verheilte danach nur schlecht, und Dieter mußte für einige Wochen noch zur Beobachtung auf der chirurgischen Station bleiben.

Nachdem er genesen war, sagte er zu Lichtenfeld: »Hör mal, Genosse Doktor. Ich hatte hier Zeit zum Nachdenken. In deiner Akte steht doch noch eine Parteistrafe. Rüge. Willst du sie nicht endlich gelöscht haben?«

»Nicht deswegen habe ich Sie von der Schippe geholt.«

»Na schön. Schwamm drüber. Die Bäume wurden gefällt, wie du dich überzeugen konntest.«

»Was mir jetzt mehr helfen würde, wäre eine anständige Wohnung, zwei Zimmer und Bad, und, da ich mit meiner Klapperkiste schon sechzigtausend heruntergeschrubbt habe, ein neuer Wartburg.«

»Geht klar. Glaub aber deshalb nicht, daß damit das Prinzip des Sozialismus abgeschafft sei: Jeder nach seinen Fähigkeiten – jedem nach seiner Leistung, und statt dessen nun gilt: Eine Hand wäscht die andere.«

Mir gegenüber kam Dieter dann noch einmal auf

die Versammlung der Wählervertreter zu sprechen. »Nicht einmal seinen Auftritt dort, wie du aus meiner Geduld ersehen kannst, rechnete ich ihm an, obwohl er ja gerade mich in die allerpeinlichste Lage gebracht hatte. Ich bin nicht viel älter als er, und trotzdem hielt ich es seinem jugendlichen Leichtsinn zugute, ein bißchen auch seiner Eitelkeit, dem in seinen Kreisen ungewohnten Umgang mit Fragen der Machtausübung. Andere, ältere Genossen, waren da schärfer als ich. Sie standen noch während der Versammlung auf, bauten sich wie ein Schutzschild vor mir auf und griffen ihn an wie einen aus der Zeit der Saalschlachten. Vor ihnen mußte ich ihn später sogar verteidigen, wobei mir vor allem nur ein Argument blieb: *Aber er ist ein guter Arzt.*«

»Na bitte«, frohlockte ich, »da hast du also ebenfalls Federn in Staatsbürgerkunde lassen müssen.«

Wolfgang erhielt die Wohnung und das Auto. Von den Gesprächen mit seinen Kollegen wußte er, daß ihm nicht als einzigem eine solche Möglichkeit eingeräumt wurde, und so empfand er es nur als recht und billig, wenn auch er sich ihrer bedienen konnte. Er hatte ja seine Bitte noch mit Bescheidenheit vorgetragen. Meldeten hingegen andere ihre Wünsche an, klang es nicht selten schon wie Erpressung. Sie pochten auf ihre akademischen Titel, auf diese und jene Verdienste oder Funktionen. Manchmal ging dann einer sogar so weit, die Wertschätzung seiner Person durch die Behörden, seinen gesellschaftlichen Status daran zu messen, wieviel

Wartezeit er im Vergleich zu anderen brauchte, um an ein Liebhaberstück zu gelangen, vom Reitpferd bis zu einem Platz für ein Wochenendhaus an der Sonne und am See.

Nein, Dr. Lichtenfeld benahm sich anders. Seine Forderungen blieben im Rahmen.

Als seine Assistenzzeit beendet war, bekam er wiederum beste Empfehlungen, doch von nirgendwoher und niemandem, womit er nun fest gerechnet hatte, jene bewußte Nachricht, die ihn von der Gegend hier und seinen Pflichtübungen erlöste. Indessen mußten über sein Arbeitsverhältnis neue Vereinbarungen getroffen werden. Der Kreisarzt konnte allerdings nur über den Bereich verfügen, der ihm unterstand. Er verwendete sich für ihn und bot ihm die Stelle des Direktors in einer soeben erst für mehrere Dörfer erbauten und nach modernsten medizinischen Erkenntnissen eingerichteten Poliklinik an. Die aber lag noch ferner ab von den Straßen und Eisenbahnstrecken, die in die großen Städte führten, weit hinter Katzow an der Katze, dort, wie Wolfgang sagte, wo man den Mondschein an die Bäume nageln muß, will man nicht völlig im Dustern hocken. Er wartete auf seinen Abruf, und bis dahin zählte er die Tage und wollte wie bisher seinen Dienst im Krankenhaus tun. Doch die Wochen verstrichen, die Monate; nichts rührte sich, was seiner Ungeduld, und nun schon seinem Zagen und Klagen, ein Ende bereitet hätte. Er begann Erkundigungen einzuziehen, schrieb Briefe und Gesuche. Von der Universität, die ihn einst am meisten mit Lob überschüttet und mit Versprechungen genährt hatte, erhielt er, fürs erste jedenfalls, abschlägige Bescheide. Im Moment seien keine Planstellen mit Forschungsaufträgen frei; man merke sich zwar, wenngleich das nicht verbindlich sei, seinen Namen vor, aber so unter aller Würde könne doch wohl das Angebot der Abteilung Gesundheitswesen im Kreise Katzow für ihn nicht sein. Im Gegenteil, antwortete ihm das Ministerium, es sei vielmehr über die Maßen großzügig, geradezu eine Auszeichnung, denn wem würde schon wie ihm in so jungen Jahren die Leitung einer Poliklinik anvertraut.

Schließlich, in der Hoffnung auf ihre beiderseits fast freundschaftlich erfolgte Annäherung seit der Operation, versuchte auch Dieter sein Glück bei ihm: »Sei nicht so stur, Genosse, und nimm mich mal nicht als deinen Sekretär. Sprechen wir offen. Was wir im gegenwärtigen Stadium unserer Entwicklung brauchen, was zur dringenden gesellschaftlichen Notwendigkeit geworden ist, sind Ärzte, die aufs Land gehen und nicht schon wieder, kaum daß sie die Praxis beschnüffelt haben, zurück in irgendwelche Institute. Der Sozialismus ist für den Menschen da. Nicht umgekehrt. Gleiche Chancen, gleiche Lebensbedingungen für alle Bürger unseres Staates. Einer der wesentlichsten Punkte, und das muß doch in deinen Ohren wie Musik klingen, ist dabei die medizinische Betreuung, die Sorge um die Gesundheit eines jeden. Im entlegensten Dorf nicht anders als in der Hauptstadt. Und nun sag, auf wen wir uns dabei stützen sollen, wenn nicht auf die Kommunisten unter den Ärzten?«

Das einzige, worauf sich Wolfgang jedoch einließ, war: Er bat sich eine Bedenkzeit aus. Er wolle sich alles noch einmal in Ruhe überlegen. Das Frühjahr war gekommen. Ziemlich kurzfristig hatte er noch mit Empfehlungen der Katzower Kreisleitung eine Reise nach Bulgarien buchen können. Dort im Urlaub, beim Faulenzen am Strand des Schwarzen Meeres, habe er die richtige Muße, um sich endgültig zu entscheiden.

»Na?« fragte mich Dieter. »Hörte sich das etwa nicht wie das Wort eines Ehrenmannes an?«

Bisher hatte ich immer geglaubt, das Wichtigste am Soldaten sei seine Waffe. In Hartenstein aber, im Kasino, wenngleich Oberstleutnant Liebers mindestens mit einem Auge dazu lächelte, wurde ich eines Besseren belehrt. Er hatte den Major gebeten, von seinem ersten Bekanntwerden mit Tolls zu erzählen. Der tat es, freilich ohne ersichtlichen Spaß, mit beinahe tierischem Ernst.

Und nun erfuhr ich: Das Wichtigste am Soldaten ist seine *Mütze!*

»Haben Sie zufällig«, fragte einleitend Kern (so hieß der Major), »den letzten Fernsehfilm über unsere Armee gesehen? Dort läßt der Autor, obwohl er es wissen müßte, denn er ist Kulturoffizier, seinen Titelhelden, den Divisionskommandeur, ständig ohne Kopfbedeckung im Fond seines Wagens herumsitzen.«

»Warum nicht?« fragte ich zurück. »Ich persönlich kann zum Beispiel am Steuer keine Autofahrer mit Hüten leiden. Wenn dem Manne also heiß um die Stirn war, trotz der nur lauwarmen Konflikte – soll er den Deckel doch abnehmen.«

Kern starrte mich an, als hätte ich soeben den Fahneneid gebrochen. »Na, hören Sie ... Das verstößt gegen die Dienstvorschriften ...« Nach einer Pause, in der er sich wieder gefaßt hatte, ergänzte er: »Und Ähnliches, nein, weit Schlimmeres leistete sich Tolls.«

Da war ich gespannt.

Der Major hatte das Bataillon übernommen, und seitdem war Uwe, inzwischen zum Oberleutnant befördert, einer seiner Kompaniechefs. Eines Tages wurde zu ihnen ein Reservist abkommandiert, ein (was jedoch nur für die Armee gilt) schon älterer Herr Ende Dreißig, angehender Opa, der im Stab Schreibarbeiten ausführen sollte und ein ebensolch ahnungsloser Zivilist gewesen sein muß wie ich. Von Beruf Museumsdirektor und bei der Einberufung offenbar einem Irrtum des Wehrkreiskommandos zum Opfer gefallen, hatte man ihm im Ledigenwohnheim der Offiziere ein Einzelzimmer zugestanden und es wohl auch nicht für nötig befunden, ihn über das militärische Drum und Dran auf dem Kasernenhof gründlich genug aufzuklären. Bereits zu seinem ersten Dienstantritt erschien er daher ohne Kopfbedeckung, was, nach der Uniformordnung, für nicht angezogen, unbekleidet, fast schon für nackt gehalten wird. Sein Versäumnis stellte sich aber erst am Abend heraus, als er sich aus der Schreibstube abmelden wollte. Uwe vertrat den Stabschef und erinnerte ihn, die Schirmmütze nicht zu vergessen.

Die hing jedoch ferne im Wohnheim.

»Waaas? – Und heute früh hat man Sie einfach so über den Hof spazieren lassen? Niemand hat Sie angepfiffen?«

»Nein.«

»Mann Gottes!« Schallendes Gelächter ringsum. »Es geschehen noch Zeichen und Wunder. Doch warten Sie. Hier, nehmen Sie meine. Ich besitze noch eine zweite in meinem Schrank.« Es war ein trüber Herbst. Vor den Fenstern der Baracke dämmerte es schon. Und so hoffte Uwe, daß der Stabsgefreite, wozu er es vor ewig langer Zeit einmal gebracht hatte, auch diesmal unbehelligt sein Quartier erreichen würde.

Doch das Gegenteil trat ein. Der Major kam des Weges. Der Reservist straffte sich schon zur Ehrenbezeigung.

Ein unheilandrohender Ruf erwischte ihn vorher: »Genosse Stabsgefreiter!«

Stillgestanden. Hacken zusammen. Hände an die Hosennaht.

»Ich sehe wohl nicht recht. Was tragen Sie denn da für eine Mütze?«

Gestotter. »Ei-eine Mütze eben, wie-wie man so eine Mütze eben hat...«

»Aber doch nicht eine mit Offizierskordeln, Mensch!«

»So? Schau einer an. Muß ich sie doch aus Versehen verwechselt haben.«

»Wollen Sie mich verscheißern?«

»Zu Befehl: Nein, Genosse Major.«

Name. Einheit. »Aha... Da kennen wir uns ja.«

Am nächsten Morgen war die Armee in Nöten. Kern hatte auch erfahren, wer der Urheber dieses Verstoßes gegen die Bekleidungsvorschrift war, ausgerechnet ein Mann aus seinem Bataillon. Er zog Uwe Tolls zur Verantwortung.

An dieser Stelle der Erzählung mischte sich Liebers ein. »Nun mal ehrlich, mein Freund. Mit dem Abstand von heute betrachtet. Was hätte er denn sonst tun sollen, um den Professor wieder heil auf sein Zimmer gelangen zu lassen? Ihn ohne Mütze wie Münchhausen auf eine Kanonenkugel setzen und über sie hinwegschießen? Das ging doch wohl nicht.«

Ich mußte schmunzeln, als ich mir den Museumsdirektor bei seinem Ritt in der Uniform der NVA, jedoch den Major als verdatterten türkischen Sultan in Plumphosen und Turban vorstellte.

Kern aber schluckte, sichtlich betroffen, da er sich nun schon zum zweiten Mal, in diesem Fall sogar von seinem Vorgesetzten, nicht ernst genommen fand. »Zu Befehl, Genosse Oberstleutnant. Doch wenn ich mir eine Bemerkung gestatten darf...«

»Bitte, Sie dürfen.«

»Bei aller Hochachtung für Hauptmann Tolls. Die Kenntnis der Dienstvorschriften war nicht seine Schokoladenseite.«

Das mußte bewiesen werden.

»Vergessen Sie doch endlich die Querelen, die Sie miteinander hatten. Er war einer unserer besten Offiziere.«

Auch das mußte bewiesen werden.

Mit Erschrecken jedoch stelle ich fest, zu welch heiterer Gelassenheit einerseits und rechthaberischem Eifer andererseits wir noch fähig waren, sobald wir jenes Ereignis, das sich ja erst vor einigen Wochen, in diesem Frühjahr, zugetragen hatte, nur kurz aus dem Blick verloren. War es denn nicht in unser aller Gedanken, ließ es sich niemals zu Ende bringen und immer nur wälzen wie der Stein des Sisyphos? Doch ob es nun mir gelingt, es mit der sprichwörtlichen Exaktheit des Soldaten auch im Ablauf seiner militärischen Details zu schildern, wage ich nicht zu versprechen. Aber kommt es darauf überhaupt an?

Das Regiment rückte aus zum Manöver.

Tagelang vorher hatte man sich in der Garnison bereits darauf vorbereitet, vom Divisionsstab jedoch erst kurz vor dem Abmarsch die genauen Informationen, die Formulierung des Kampfauftrags und die dazugehörigen Unterlagen erhalten. Ihnen zufolge wurde im Manövergebiet der Einfall feindlicher, fortan mit der Farbe Blau bezeichneter Truppen von ebenfalls Regimentsstärke vermutet und der eigenen Einheit, nunmehr unter dem Namen Rot, das Ziel gesteckt, den Gegner entweder zum Rückzug zu zwingen oder ihn zu vernichten. Jede Seite entwarf jetzt in höchster Eile, denn schon davon konnten Erfolg oder Mißerfolg abhängen, ihre Strategie und Taktik, und kaum hatte man die vorgegebenen Planquadrate erreicht und darin die Ausgangsstellungen bezogen, sich gefechtsmäßig eingerichtet und verschanzt, begannen wie üblich die ersten Geplänkel zwischen Aufklärern und Spähtrupps.

Im Feldlager herrschte jedoch noch Ruhe. Das erste Bataillon unter der Führung von Major Kern, dem der Kommandeur militärisch die meiste Erfahrung zutraute, befand sich im Mittelabschnitt der Front. Anfangs wurden noch in jeder freien Minute die Technik und die Waffen überprüft, und besonders jene am Mann, Maschinengewehre und Maschinenpistolen, noch einmal auseinandergenommen und gereinigt. Die Panzerwagen der Schützen (SPW in der Soldatensprache) standen, unter Bäumen und mit Tarnnetzen überspannt, gut gedeckt, bereit zu schlagartigem Einsatz. Später schlief man in den Zelten auf Vorrat oder vertrieb sich die Zeit beim Kartenspiel.

In diesem Augenblick wurden der Major und Hauptmann Tolls zum Regimentsstab gerufen. Rot schien sich nach den Erkundungen der Lage sicher, wollte nicht länger warten, sondern die Initiative ergreifen. Der Befehl an beide lautete, die Linien von Blau in ihrem Zentrum zu durchbrechen, und zwar auf folgendem Wege: Noch in der Morgendämmerung würde Uwe mit dem besten Zug seiner Kompanie, den Wehrpflichtigen des dritten Diensthalbjahres, mit Hubschraubern ins feindliche Hinterland geflogen. Von dort habe er sich dann sofort in Richtung der eigenen Truppen durchzuschlagen. Major Kern hingegen sollte, sobald er mit ihm über Sprechfunk Verbindung erhielte, zum Sturmangriff übergehen und mit aller Wucht eine schnelle Wiedervereinigung der beiden Teile seiner Einheit anstreben. Gelänge der Plan, könnte ein tiefer Keil in die blauen Reihen getrieben und dann mit Hilfe der anderen Bataillone zunächst die eine Hälfte des Gegners und später die andere umklammert und außer Gefecht gesetzt werden.

Gibt es noch Fragen?

Nein, Genosse Oberst.

Unsere Parole: Kuba. Kennwort: Kalaschnikow. Machen Sie's gut, Genossen.

Nun waren sie schon in den Hubschraubern unterwegs und hatten in einem weiten Bogen, doch noch über dem für das Manöver streng vorgeschriebenen Raum die feindlichen Stellungen umflogen. Die Dämmerung zerstreute sich, und wäre nicht wie ein Schleier, der dem Stoßtruppunternehmen nur günstig sein konnte, ein feiner Sprühregen niedergegangen, hätte man von hier oben, obgleich die Erde noch von Schatten verdunkelt lag, am östlichen Horizont das Auftauchen der Sonne sehen müssen. Aber die plumpen und lärmenden Helikopter gewannen erst jetzt, da die Piloten nach einem Landeplatz Ausschau hielten, an Höhe. Bisher waren sie flach über das vom Winter noch kahle, doch trotzdem ziemlich dichte Wipfelgestrüpp der ausgedehnten Wälder hinweggestrichen, hatten nicht selten mit ihren Rümpfen fast die buschigen Kronen von Kiefern gestreift und sich, Deckung suchend, in wagehalsiger Fahrt durch Schneisen getastet. Uwe saß in der Kanzel der führenden Maschine und orientierte sich noch einmal im Licht einer Signallampe an der Karte und der unter ihm schemenhaft dahinhuschenden Landschaft. Er entdeckte ein Dorf und machte seinen Namen aus.

Dann war es soweit. Die Fahrwerke setzten auf. Kommando an die Gruppen in allen drei Flugzeugen zum Ausstieg. Die Klappen wurden geöffnet. Unter den immer noch heftig kreisenden Rotorblättern sprangen sie ab und liefen, sich vor den Luftwirbeln duckend, in ein nahes, schützendes Dickicht. Sofort starteten wieder die Hubschrauber, hoben sich taumelnd vom Boden auf und waren bald außer Sichtweite. Uwe gab das Zeichen zum Sammeln, befahl den Soldaten, ihre Ausrüstung zu überprüfen, und den Zugführer und die Unteroffiziere zu einer ersten Lagebesprechung. Von nun an auf sich allein angewiesen, konnten sie nur hoffen, daß ihre Umgehung geglückt und sie unbemerkt von Blau gelandet waren. Wohl schon die nächste Stunde würde es zeigen.

Doch ihre Befürchtung war umsonst. Sie bekamen bis zum Mittag keine Feindberührung. Etwa zwölf Kilometer hatten sie bis dahin zurückgelegt, nun schon von den Spuren dieses Marsches gezeichnet, in arg durchnäßten Sommeruniformen, an allen Gliedern frierend, doch unter dem Stahlhelm schwitzend, als sich plötzlich, völlig unvermutet, der Wald vor ihnen lichtete und den Blick auf ein wellenförmiges, kahlgeschlagenes und nur mit jungen Kiefern bepflanztes Gelände freigab. Der vordere Sicherungsposten hatte den Punkt als erster erreicht, und sein Führer, ein Feldwebel, erstattete dem Hauptmann Meldung.

Uwe ließ den Zug halten, überzeugte sich selbst. Nach der Karte hätte hier noch dichter Wald sein müssen. Der Kahlschlag war noch nicht eingetragen. Der Regen hatte aufgehört, und nach und nach brach sich die Sonne eine Bahn durch die graue Wolkendecke. Mit dem Feldstecher vor Augen erkannte Uwe jetzt deutlich auf einem Hügelkamm die Stellungen des Gegners. Er schätzte die Entfernung bis zu ihnen auf drei Kilometer, begriff aber zugleich, daß Blau zu seiner Verteidigung eine taktisch äußerst günstige Position gewählt hatte. Mit einem Überraschungsangriff aus dem Hinterhalt brauchte es kaum zu rechnen, denn in seinem Rücken war das Land nach dieser verdammten (forstwirtschaftlichen) Korrektur nach allen Seiten hin einzusehen, so daß bei Tage jede größere Aktivität darin, gar mit Panzern oder SPW, sofort entdeckt würde. Aber auch wenn Uwes Trupp seinen Auftrag erfolgreich erfüllen wollte, konnte es nur in der Nacht geschehen. Von vornherein hatte er übrigens diesen Zeitpunkt für sicherer gehalten. Major Kern aber drängte auf eine schnelle Aktion.

Nachdem er seinen Männern befohlen hatte, sich einzugraben und zu tarnen, was bei dem weichen

Sandboden und dem reichlich vorhandenen Unterholz nicht schwerfiel, gab er das Kommando zur Rast. Heißer Tee, in einer tiefen und mit Zweigen abgedeckten Mulde im Innern des Waldes gekocht, damit der Rauch des Feuers sie nicht verriet, erfrischte und ermunterte die Soldaten. Sie stürzten sich auf das Brot und die Konservenbüchsen mit Dauerwurst und Fleisch.

Er selbst bezähmte noch seinen Hunger und versuchte erneut, da auch die eigenen Stellungen nicht mehr weit sein konnten, über das Sprechfunkgerät Kontakt mit seinem Major zu kriegen. Hier Neiße, hier Neiße... Diesmal hatte er Glück. Hier Oder – kommen... Schnarrend vernahm er die Stimme seines Vorgesetzten.

In aller Kürze teilte ihm Uwe das Wichtigste mit, auch, daß er nunmehr von seinem Standort aus die Bewegungen des Gegners beobachten könne. Damit wäre umgekehrt eine Überraschung durch ihn ebenfalls so gut wie ausgeschlossen. Kern aber hörte wohl kaum noch hin. Uhrenvergleich.

»Pirschen Sie sich an Blau heran. Drei Stunden haben Sie Zeit. Punkt sechzehn Uhr gehen wir zum Sturmangriff über.«

»Aber das ist unmöglich. Wir würden mit Mann und Maus zerrieben. Wir müssen die Dunkelheit abwarten. Dann würde auch der Gegner über unsere wirkliche Stärke getäuscht.«

»Das ist ein Befehl, Genosse Hauptmann! Unser Auftrag lautet, schnell zu handeln, dem Feind zuvorkommen.«

»Sie kennen das Gelände nicht. Die Karte gibt noch Wald an, wo keiner mehr ist.«

»Nochmals: Das ist ein Befehl. Ende.«

So ähnlich hatte sich das Gespräch zugespitzt, und noch lange würde man sich seiner erinnern.

»Objektiv«, sagte Oberstleutnant Liebers, nachdem er den Major in meiner Gegenwart aufgefordert hatte, darüber zu berichten. »In allen Einzelheiten, Wort um Wort objektiv. Vergessen Sie doch endlich die Querelen, die Sie miteinander hatten.«

Uwe Tolls verweigerte den Befehl.

Er entschied sich auf eigene Faust für den Angriff in der Nacht und zwang somit den Major, dem ohne das Vorgehen des Stoßtrupps die Hände gebunden waren, sich seiner Entscheidung anzuschließen.

Zwar leitete diese, nur durch den Schutz der Dunkelheit, wie man später begriff, zum Erfolg geführte Aktion den Manöversieg für Rot ein, doch Uwes grober Verstoß gegen die Disziplin konnte für ihn nicht ohne Auswirkungen bleiben.

»Nein«, erwiderte Kern ziemlich scharf und zum ersten Mal während unserer Unterhaltung mit – wie soll ich es sagen – dem gewissen militärischen Schneid. »Die Sache, um die es ging, Genosse Oberstleutnant, hatte weder mit Sympathien noch Antipathien zwischen uns beiden zu tun. Sie selbst, wenn ich Sie daran erinnern darf, forderten vorhin: Der Soldat hat den Sozialismus zu schützen, und das erfüllt er entweder gut oder schlecht. Der Ernstfall würde darüber sehr schnell eine exakte Entscheidung fällen: Denn dann tötet unser Mann entweder den Feind, oder der Feind tötet ihn...«

»Ich sagte: Ihr habt Befehl zu leben.«

»Ja. Doch trifft das denn nur für den einzelnen zu, und sei es auch die eigene Einheit?«

In diesem Augenblick sah sich Liebers in die Enge gedrängt. Er griff zum Glas, wollte seinen Ärger hinunterspülen, fand es aber bereits geleert und schaute sich ein wenig hilflos nach dem Kellner um.

»In jedem Fall«, schlußfolgerte daraufhin der Major, »steht der unbedingte Gehorsam, die bedingungslose Ausführung des Befehls obenan. Denn es könnte auch sein, daß man, so schwer es einem dann fällt, eine Kompanie opfern muß, um ein Regiment zu retten. Das ist nicht nur eine Theorie, wie Sie zugeben werden. Der Vaterländische Krieg kennt dafür genügend praktische Beweise. Und so müssen auch wir uns in der Gefechtsausbildung darauf vorbereiten. Wenn nicht... Jeder geduldete Individualismus könnte uns später teuer zu stehen kommen.«

»Gut«, knurrte Liebers, »Sie haben gewonnen.«

Und ich war ein wenig erschrocken über die strenge, wenn auch einleuchtende Logik dieser Sprache.

Als ich mit Rudi Berster sprach, dem Parteisekretär, wie schon erwähnt, an unserer Schule, fand ich bei ihm zunächst nur bedingtes Verständnis, eins von der undurchsichtigen Art mit einem Lächeln in Grau, das ich an keinem mag, am wenigsten aber an einem unter Dreißig. Mich ärgerte es, und ich belferte los: Zwei leere Stühle – was bedeutet das schon! Zwei aus der Klasse werden nicht anwesend sein – na und? In jeder Sitzung, jeder Konferenz heute gibt es die freien Plätze. Der eine hat den Schnupfen, der andere die Nase ebenfalls voll, und ein dritter gar fehlt, weil ihm rein gar nichts fehlt, er nur seinen Schrebergarten umgraben oder den Zaun streichen will. Mit der Pflichtauffassung der fünfziger Jahre ist es sowieso vorbei. Der Mensch kommt endlich persönlich in den Genuß seines Sozialismus, und nun laßt ihn in Ruhe. Fordert von ihm nicht, außer der Reihe einmal sonntags auf die Straße zu gehen, zu demonstrieren, wohl gar zu Fuß obendrein, wenn er ein Auto besitzt und damit ausreißen kann, ins Grüne, wo das wirkliche Birkengrün ist, nicht nur das in den Liedern. Was früher für ihn die vier Wände waren, sind heute die vier Räder ...

Das sind jetzt *deine* Worte, unterbrach Rudi meine Kanonade, und keineswegs sehr erfreuliche.

Tolls und Lichtenfeld, so begreif doch, sind mehr als nur zwei leere Plätze. Sie sind, wenn auch auf ganz entgegengesetzte Weise, vielleicht *Verluste* unserer Erziehung.

Aber nach Bersters Meinung übertrieb ich gottsjämmerlich. Er sagte: Und was schlägst du vor? Die Zensurenhascherei, gut, ist dir zuwider. Man sieht und hört es dir an. Du hast damit deine Pleite erlebt an den beiden ...

Nein! Vereinfache nichts. Die beiden haben es mir

nur vorgeführt, mit aller Gründlichkeit freilich, wie fragwürdig manche Methoden geworden sind. Und wenn wir daran nichts *ändern*, Rudi, *wir*, Rudi, werden wir eines Tages nur noch vor leeren Stühlen geredet haben.

Trotzdem, ich bitte dich, sag: Was willst du an die Stelle der Zensuren setzen?

Pädagogik.

Allgemeineres fällt dir darauf wohl nicht ein?

Wir müssen die Schuld für unser Versagen bei uns suchen, nicht bei den Schülern. Was wir von ihnen verlangen, darf für uns nicht zugleich ein Tabu sein. Wir müssen mit der Erziehung bei uns beginnen. Warum dulden wir, daß die Musiklehrerin ständig mit dem Einkaufsbeutel von Hertie durchs Schulhaus rennt, und die Sportlehrerin, deine rechte Hand, sich nicht endlich die USA-Fahne vom Hintern nimmt? Das wenigstens muß ihr doch einleuchten, der dummen Pute, nach einem Krieg wie in Vietnam.

Mochte mein Grundsatz noch groß und weise gewesen sein, meine Belege hingegen wirkten wohl schon recht hilflos und klein. Ich sah es an Bersters grauem Lächeln.

Er hakte auch sofort ein: Als ob es auf den Hintern ankäme oder auf eine Hose und nicht vielmehr auf den Kopf...

An jenem Abend jedoch, als das Klassentreffen stattfand, die beiden Stühle wie eine Mahnung, eine Drohung, ein Menetekel Upharsin an der Wand stehenblieben und niemand sie uns aus den Augen zu schaffen wagte, machten Rudi und ich gemeinsam eine neue Erfahrung.

Von Ingrid Blühvogels Reaktion habe ich schon erzählt. Sie weinte, als die Einzelheiten bekannt wurden, und weder mir noch Berster gelang es danach, ihr auch nur ein vernünftiges Wort zu entlocken. Vielleicht war sie wirklich zu Tode erschrocken und von der jähen, bis dahin kaum für möglich gehaltenen Wendung der Dinge geschockt. Aber die anderen! Ich hatte den Brief, den uns Lichtenfeld geschickt hatte, vorgelesen, und daraufhin, ziemlich spontan, erklärten achtzehn meiner ehemaligen Schüler und Schülerinnen, daß sie spätestens seit dem Aufsatz: *Mein letztes Erlebnis* auf der Seite von Tolls gestanden hätten, gestanden wie ein Mann, obgleich ihnen das, worüber Uwe geschrieben, nie zu Gesicht gekommen sei und auch er, trotz ihres Drängens, nichts über den Inhalt verraten habe. Allein zweierlei habe ihnen damals genügt: die Antwort Dr. Müllers und der, wie auch heute wiederum, mächtig geschraubte, hochstaplerische Text Wolfgang Lichtenfelds, der ihnen dann sogar als das Nonplusultra alles Nachahmenswerten und Vorbildlichen hingestellt worden sei. Einer der achtzehn, Betriebsleiter heute in einem Chemiekombinat, von uns damals näher zu Lichtenfeld als zu Tolls eingeordnet, machte sich schließlich in vorgerückter Stunde nachträglich noch zum Sprecher der Klasse: Mehr, als wir es hätten beweisen können, Genosse Hausknecht, spürten wir, daß Uwe Unrecht geschah, während Wolfgang bereits auf seine Kosten lebte. Und ein anderer, gelernter Maurer, der sein Abitur nur mit Hängen und Würgen bestanden und sich über den schweren Weg der Praxis zum Bauingenieur hochgearbeitet hatte, fügte hinzu: Hat einer von euch Lehrern denn jemals uns danach gefragt, wen wir von beiden für anständiger, sauberer, für kameradschaftlicher hielten? Uwe war unser bester Fußballer, Schwimmer und Schütze. Stets war er fair, sportlich wie im Wettkampf. Nie hat er gelogen, sich auch niemals einzukratzen versucht. Mit dem konntest du gehen durch dick und dünn. Der hätte auch keinen so angeschwärzt, wie es Lichtenfeld tat mit ihm.

Das war's. Natürlich im Konzentrat. Deutsch-Müller verabschiedete sich daraufhin bald. Zwar schob er eine Krankheit seiner Frau vor, doch wir glaubten ihm nicht. Zu verkniffen wirkte sein Gesicht, zu beleidigt sein Gehabe. Und danach hatte es Mathematik-Müller ebenfalls eilig.

Rudi Berster hingegen befand sich im Vergleich zu ihnen und mir im Vorteil. Einerseits, da erst nach dem Staatsexamen nach Dornrode gekommen, kannte er unsere Schule von früher nicht, andererseits war er mit den Abiturienten des neunundsechziger Jahrgangs im selben Alter. So konnte er sich, obzwar durch mich schon eingeweiht, ziemlich unbefangen geben und die Frauen und Männer noch weiter aushorchen. Er tat es geschickt, bei einem Tanz mit jener, einem Bier mit diesem, doch zu seiner Ehre muß ich sagen: Spitzeldienste leistete er nicht; längst hatten die beiden so merkwürdig ungleichen Schicksale von Tolls und Lichtenfeld auch ihn erregt und seine Anteilnahme erzwungen.

Um die Mitternacht begleitete er mich auf dem Weg nach Haus, ging sogar noch mit mir ein beträchtliches Stück über die Straße hinaus, in die er hätte einbiegen müssen.

»Sei froh«, sagte er, »dich haben sie noch in relativ guter Erinnerung ...«

War das ein Lob oder nur ein Halblob, ein Urteil bereits, das mich als Lehrer gerade man so noch duldete? Wenn das stimmte, wenn das stimmte ... Ich spürte plötzlich das Gewicht meines Körpers, meine Beine wie Blei, als gerönne das Blut in meinen Adern und sackte nach unten.

»Und ... Und was denkst du jetzt?« fragte ich.

»Noch immer dasselbe.«

Das graue, unverbindliche Lächeln jedoch, sofern mich der trübe Schein der Gaslaterne, unter der wir standen, nicht täuschte, gewahrte ich nicht mehr auf seinen Lippen.

»Was das immer auch sei bei dir: dasselbe ... Wenn du meine Meinung hören willst ... Heute wurde es mir endgültig klar. Die Schüler waren damals gerechter als ihre Lehrer. Spätestens nach den beiden Aufsätzen hätten auch wir allen Grund gehabt, unsere Methoden zu überprüfen und den einen nicht länger als Beelzebub und den anderen wie einen Engel zu behandeln.“

»Bravo. Das klingt schon ganz anders.«

»Willst du mich examinieren?«

»Nein. Im Gegenteil. Denn wenn ich dich daran

erinnern darf, fragte ich dich vor dem heutigen Abend, was du an die Stelle von Zensuren setzen willst. Du hattest darauf nichts weiter zu antworten als: Pädagogik. Was aber macht sie denn aus? Was ist ihr Zweck, was ihr Sinn? Die Zensuren sind es wohl nicht. Sie zu geben kostet dich nur ein paar Federstriche, höchstenfalls noch eine Addition von Rechtschreib- und Rechenfehlern. Wie ungleich schwerer dagegen ist es, den *ganzen* Menschen zu sehen, ihn zu beurteilen und ihm gar mit unserem Urteil zu helfen. Das aber müßte vor allem das Anliegen der Pädagogik sein. Ihr jedoch, nein, du ... Ja, ich kann vor allem dir diesen Vorwurf nicht ersparen. Da ergab sich mit den beiden Aufsätzen eine nahezu klassische Gelegenheit. Was aber taten Deutsch--Müller und du? Ihr habt wieder einmal nur Zensuren erteilt, sogar ungerechte, anstatt die Charaktere der beiden aufzudecken, die Ehrlichkeit des einen und die Heuchelei des anderen. Umgekehrt aber wäre es genau das Richtige, das *Pädagogische* gewesen. Das müssen wir ins Verhältnis kriegen, Helmut: Der Mensch geht uns über seine Fehler, die Beurteilung seiner Persönlichkeit über die Summe seiner Zensuren.«

Natürlich spürte ich nach diesen Worten zum ersten Mal so etwas wie eine Annäherung zwischen uns beiden. Aber ich sträubte mich noch gegen die Härte seines Vorwurfs. »Du hältst mich für stumpfsinnig. Glaubst du denn, ich würde mich hinsetzen und schreiben, wenn ich nicht ähnlich empfände wie du?«

»Und vorher«, fragte er zweifelnd, »vor der einen und der anderen Nachricht in den letzten Wochen, ist dir ein solcher Gedanke niemals gekommen?«

»Doch«, sagte ich, »aber leider ebenfalls erst, nachdem es zu spät war. Im vergangenen Herbst.«

Es war ein Sonnabend im Oktober. Ich feierte meinen 47. Geburtstag. Uwe Tolls hatte ihn nicht vergessen und, da er gerade zum Hauptmann befördert worden war, Sonderurlaub erhalten hatte und mit seiner Familie bei seinen Eltern weilte, sich mit einem Brief angekündigt und mich besucht.

Er kam in Zivil. Jeanshosen, Hemd mit offenem Kragen und Jacke aus schwarzem Nappaleder. Nur seine Haare trug er jetzt kürzer, unverkennbar im Armeeschnitt. Doch ansonsten erinnerte er mich wieder an früher. Ich muß es sagen (und ihm sagte ich's auch), so hatte ich ihn mir als Offizier nicht vorgestellt.

Er lachte, frisch, jungenhaft, lehnte sich in dem erst kürzlich von mir mit weißer Farbe überstrichenen Korbsessel weit nach hinten.

»Gewöhn dir doch endlich ab«, entgegnete er, »die Leute nach ihrem Äußeren zu beurteilen. Kannst du dir denn nicht denken, daß einer, steckt er das ganze Jahr über in Uniform, geschirrt und gezäumt wie ein Reitpferd, jeder Knopf geschlossen, auch mal richtig bequem stehen möchte? Aber dir gegenüber kam ich mir immer schon vor wie vor einem Generalstab. Wenn es dich also beruhigt: Mein Kopf und meine Gesinnung sind trotzdem in Ordnung.«

Was sollte das heißen: Generalstab! »Sag bloß, du hattest als Schüler vor mir Respekt.«

»Ja, und sogar noch ein wenig mehr. Nennen wir's Achtung. Vor Mathematik-Müller hingegen Angst. Weiter nichts. Das fing an in der Neunten, mit der ersten Unterrichtsstunde bei ihm. Jeden Morgen ging ich seitdem nur mit Zittern und Zagen in die Schule. Am liebsten wäre ich da schon ausgerissen. Und glaub mir, ich war nicht der einzige, der so fühlte.«

Ich lächelte und hielt mich gewiß für sehr weise, als ich ihm darauf erwiderte: »Das liegt sicherlich daran, wie einer lernt.«

»Nein. Es liegt auch daran, wie einer *lehrt*.«

Zum ersten Mal spürte ich nach dieser Antwort so etwas wie einen Schrecken. Wieviel Widerspruch, welche völlig entgegengesetzten pädagogischen Prinzipien verbargen sich allein in diesen beiden Sätzen!

In der Wohnung saßen meine Frau und die Kinder noch beim Kuchen und tranken Kaffee. Inge hatte zu uns gesagt: Schert euch hinaus auf die Wiese im Garten (die übrigens vor dem Winter noch einmal gemäht werden müßte). Ich sehe es euch doch an, daß ihr Hummeln habt. Wie lange schon ist es her, Uwe, daß Sie sich hier blicken ließen...

Wir waren ihrem Rat, ihrem Rausschmiß gefolgt. Der Sommer war kalt und verregnet gewesen, der Herbst jedoch nun ein goldener Zauber. Von der Höhe meines Grundstücks aus kann man die Stadt im Tal ausgebreitet liegen sehen. Rot flammten im Sonnenlicht die Ziegeldächer der alten Fachwerkhäuser, und wo diese hier und dort mit Schiefer gedeckt waren, widerspiegelten sie mit silbrigem Glanz. Über unserem Tisch rankten im farbigen Laub die Zweige vom Gravensteiner wie eine Schleppe. Wir brauchten nur hineinzugreifen und in die frischen Äpfel zu beißen.

»Gern hätte ich deine Frau und deine beiden Kinder kennengelernt«, sagte ich. »Warum hast du sie denn nicht mitgebracht?«

»Ach«, sann er, und mir schien, über mich hinweg. »Auch sie war neugierig auf dich. Ich hab ihr von dir erzählt. Nicht immer das Beste, was du mir hoffentlich verzeihen wirst. Damals zum Beispiel, nach dem Aufsatz bei Deutsch-Müller ... Ich hab es dir angemerkt. Dir war es peinlich. Doch vor einer klaren Entscheidung hast auch du dich gedrückt. Aber lassen wir das.«

»Nein, wir lassen es nicht«, widersprach ich scharf.

Doch er entwaffnete mich, tat, als habe er meinen Protest gar nicht vernommen. Er zog aus seiner Lederjacke eine Brieftasche voller Papiere, öffnete sie und zeigte mir Bilder von seinen Kindern und seiner Frau.

»So sieht sie aus. Nicht ganz so hübsch wie das Goldköpfchen. Aber ein Charakter, gegen den tausend andere nicht ankommen. Sie ist ebenfalls Lehrerin, und gelegentlich, wie das euer Berufsstand nun einmal so an sich hat, will auch sie mich erziehen. Doch ich bin glücklich, Chef. Sie läßt sich bei dir entschuldigen. Sie erwartet das dritte. Es fällt ihr nicht leicht. Und du weißt doch, Frauen, besonders solche, sind eitel.«

Letzteres verstand ich. Worauf allerdings das Demonstrativpronomen *solche* abzielte, konnte ich mir nicht erklären. Später dann, während der Beerdigung und auch noch einmal danach, vor einem Monat, an seinem Grab in Hartenstein, bin ich ihr begegnet. Sie mußte schon lange vor mir erschienen sein. Ich wagte nicht, sie zu stören, beobachtete sie eine Weile. Sie hielt Blumen in der Hand, kauerte wie erstarrt vor dem Hügel, rührte sich nicht vom Fleck. Als ich sie in die Arme nahm, weinte sie ohne Tränen.

»Grüß sie von mir«, sagte ich im Herbst.

Er langte wieder nach einem Apfel und biß mit beneidenswert gesunden Zähnen krachend hinein.

»Übrigens, auch Ingrid Blühvogel ist heute Lehrerin und unterrichtet bei uns.«

»Habe davon gehört.«

Wieso auch sollte es für ihn eine Neuigkeit sein? Doch seine Antwort jetzt – mit dem Ton wieder aus den Mathematik- und Deutschstunden vor zehn Jahren – klang dermaßen gelangweilt, daß ich sofort bereute, ihren Namen noch einmal erwähnt zu haben. Ich wechselte das Thema.

»Nun rede mal, Junge. Wie gefällt es dir eigentlich in der Armee?«

»Wenn nicht gerade die Exerzierausbildung auf dem Programm steht, Antreten üben, Gewehrgriffe klopfen, recht gut.«

»Ich meine: erfüllt es dich?«

»Ja.« Jetzt wurde er wieder ernst. »Doch wie ich dich kenne, willst du eine Begründung für mein Ja. Na schön, sollst du haben. Und sollte es dich verletzen, dann bitte: vergangen, vergessen, vergeben. Ich verdanke der Truppe sehr viel. Zum ersten Mal – außer bei meinen Eltern – hatte ich das Gefühl, gerecht behandelt zu werden. Die Leistung entschied. Nicht das, worauf einer, wie in der Schule, spätestens mit dem Zeugnis der Elften festgelegt, im voraus bereits *eingeplant* wird. Wie du siehst, trat ich auch in die Partei ein. Bei euch, selbst wenn ich den Antrag gestellt hätte, wäre ich – ausgerechnet ich – wohl nie für würdig befunden worden.“

Ich wollte ihm antworten, überlegte noch, was. Die Dinge beschönigen, abschwächen, umlügen, noch immer so tun, als hätten nicht wir, sondern er sich geirrt? Gutes fiel mir nicht ein. Und wie froh war ich daher, wie vorerst jeder Pflicht enthoben, erlöst fühlte ich mich, als plötzlich meine Frau in den Garten rief, daß ich erneut einen Gast zu erwarten hätte. Wer konnte das sein?

Uwe und ich blickten gespannt auf die Tür, die über die Terrasse ins Freie führte.

Wolfgang Lichtenfeld kam.

»Hallo! Wollte mich nur mal erkundigen, was mein oller Schulmeester noch so macht. Doch nun erfahre ich, du hast Geburtstag...« Er trat an den Platz am Zaun, wo ich die Sonnenblumen zu stehen habe, brach zwei davon ab, überreichte mit einem Handkuß die eine Inge, die andere mir. »Wenn ich das geahnt hätte, ich hätte euch in ein Meer von Rosen getaucht. Aber mein Herz liegt euch trotzdem zu Füßen. Lange sollst du noch leben, mindestens doppelt so alt werden.«

Erst jetzt, als habe er ihn vorher gar nicht bemerkt, schaute er auf Tolls.

Uwe rückte ihm einen Sessel zurecht.

»Auch du hier? Dich hatte ich natürlich am allerwenigsten vermutet. Und in Zivil? Die Schnauze voll von der Army?«

Uwe sagte nur: »Guten Tag.«

Ich kannte ja die Rivalität zwischen den beiden und wollte erstens die Situation und zweitens die Stimmung an meinem Geburtstag retten.

»Was verschlägt denn dich so plötzlich nach Dornrode?«

Seine Eltern waren ja längst von hier fortgezogen.

»Wenn ihr's für euch behaltet: ein Mädchen. Das süßeste Geschöpf unter der Sonne.«

Merkwürdigerweise dachte ich sofort an Ingrid Blühvogel. Doch schon mit seinen nächsten Worten klärte er uns auf. Diesmal sei es wirklich etwas Festes. Eine Medizinstudentin, die er in Berlin kennengelernt habe. Sie sei hier in der Gegend, auf der Südseite des Harzes, zu Hause. Und da er sich vor kurzem einen funkelnagelneuen Wartburg gekauft hatte, wollte er ihn ausprobieren, endlich einmal mächtig auf Touren bringen, und sei deshalb mit seiner Freundin quer durch die halbe Republik gefahren. Ein Besuch bei mir habe sich angeboten.

Eine knappe Stunde vielleicht verging noch im Geschwätz. Doch dann gerieten wir an den Punkt, an dem ein Wort das andere ergab und ich mich zum ersten Mal fragte, ob wir nicht mit unseren Zensuren und der bisherigen Form unserer Beurteilungen das Leben betrogen hatten und unsere Arbeit, von ihm gewogen, nicht für zu leicht befunden worden wäre.

Wolfgang Lichtenfeld sprach von Freiheit und Demokratie, bezweifelte, daß sie im Sozialismus überhaupt möglich seien und führte gegen ihn so ziemlich alles an, was wir in letzter Zeit von Schriftstellern, meinem Schüler, dem Lyriker, beispielsweise, und anderen Formulierern nicht nur im eigenen Lande, sondern auch von jenseits der Grenzen auf unsere Trommelfelle gepaukt kriegten.

Zunächst aber hatte der Streit persönlich und viel harmloser begonnen. Zum zweiten Mal zwar, doch nur leise und nebenhin hatte Wolfgang wieder gestichelt, daß Uwe in Zivil und nicht in Uniform erschienen war. Er ahmte den Sachsenkönig nach, der – was beide von mir kennen mußten, da ich es zur Erheiterung jeder Klasse erzählte – neunzehnhundertundachtzehn beim Ausbruch der Revolution in Dresden gefragt hatte: Därf'n die'n das?

Als Uwe schwieg, setzte Wolfgang nicht sehr geistvoll hinzu: »Und zum Fliegerkosmonauten, zum Helden der Deutschen Demokratischen Republik wie euer Oberst bringst du es damit wohl auch nicht.«

»Weißt du«, erhielt er endlich zur Antwort, »du führst dich noch genauso großkotzig auf wie früher und gehst mir mit deinem albernen Getue allmählich auf den Docht.«

»Menschenskinder, warum denn gleich so beleidigt? Ich verstehe dich ja. Mich allerdings hätte erst gar keiner dazu überredet, freiwillig eine Uniform anzuziehen. Schon mit einem Koppel um den Bauch würde ich mich eingeschnürt und gefesselt fühlen. Jede Tresse und jeder Offiziersstern erinnern mich an Kasernenhof und Kadavergehorsam. Die aber sind das direkte Gegenteil von Demokratie und Freiheit.«

Die Stichwörter waren gefallen, und nichts hätte unser bisheriges, wohl mit Rücksicht auf meinen Geburtstag gefaßtes Friedensabkommen gründlicher brechen können als sie. Für den goldenen Herbst mit seinem zwischen den Bergen ringsum wie ein mächtiges Zelt aufgespannten tiefblauen Himmel hatten wir bald keinen Sinn mehr. Der Stadt im Tal, über die sich nach und nach violette Schatten senkten, feurig umflammt vom scheidenden Sonnenlicht auf dem roten und gelben Laub der Wälder, was von meinem Haus aus betrachtet stets ein farbenprächtiges Schauspiel ist, gönnten wir kaum noch einen Blick. Und auch die schmackhaften Gravensteiner Äpfel an den Zweigen über unserem Tisch reiften nun unbemerkt von uns vor sich hin und überließen es dem Ungeziefer, sie zu verschmausen. Wir stiegen statt dessen in nur wenigen Minuten durch die Menschheitsgeschichte, umkreisten in Sekundenschnelle die Erde. Afrika, Chile, Nikaragua, Vietnam ... Überall, wo es in den letzten Jahren zu Revolutionen und Konterrevolutionen gekommen war, hielten wir an, kletterten aus dem Raumschiff unserer Gedanken. Die Neutronenbombe, die Gefahren und Bedrohungen, die auch sonst auf allen Kontinenten und Ozeanen auf uns lauerten, selbst in Frankfurt am Main, beim Faschistentreffen... Ich will nicht noch mehr davon aufzählen. Man kann es täglich in den Zeitungen lesen, in den Fernsehreports und Nachrichtensendungen sehen und hören. Es war wieder, wenn auch diesmal bei uns nur zu dritt, wie in der hitzigsten Unterrichtsstunde. Schlimmer. Es war, als säßen wir drei nicht gemeinsam ziemlich geborgen und sicher in meinem Garten, sondern auf sämtlichem Sprengstoff des nächsten Weltkrieges.

Uwe hatte sich längst von seinem Platz erhoben. Sichtlich erregt schritt er auf der vergilbten und von raschelnden Blättern bereits übersäten Wiese auf und ab, nahm die Hände zu Hilfe, sobald es ihm an einem Argument, einem treffenden Ausdruck mangelte. Sein dunkles, kurzgeschnittenes Haar fiel ihm wirr in die Stirn, und ich glaubte sogar, kleine Schweißtropfen auf seinem Gesicht zu erkennen. So sehr gab er sich Mühe, so sehr strengte ihn das Gespräch an.

Wolfgang hingegen hockte noch immer lässig in dem Sessel aus geflochtenem Rohr, den ich wie die anderen, da von der Witterung schon arg zerzaust, weiß überstrichen hatte.

Ja, er spielte Behäbigkeit, beinahe Gleichgültigkeit. Und wenn ich sie ihm nicht ganz abnahm, so deshalb, weil ich bemerkte, wie er manchmal nervös seinen blonden Vollbart kraulte, aber auch sonst immerzu irgendwelche gar nicht vorhandenen Fusseln an seinem beigefarbenen Sonntagsanzug abzustreifen versuchte.

»Jedenfalls ist das nicht einmal in den Vereinigten Staaten möglich, daß einer eingesperrt wird, nur weil er Kritik an der herrschenden Gesellschafts- und Wirtschaftsstruktur übt.«

»Ich sagte dir doch, der Mann wurde nicht inhaftiert und verurteilt, weil er ein Buch schrieb, sondern Informationen an einen fremden Nachrichtendienst weiterleitete. Das ist Spionage, im Klartext gesprochen. Jeder Staat schützt sich dagegen.«

»Du machst nur die offizielle Version zu deiner eigenen Meinung. Und ich wundere mich, wie gläubig du bist.«

»Du bist es natürlich nicht. Das alles wuchs auf deinem eigenen Mist. In deiner Allheildemokratie ist ja auch soweit alles okay. Dort macht man sich erst gar nicht die Arbeit mit einem Prozeß. Dort knallt man sofort ab. Kennedy, Martin Luther King. Jede Woche ein Justizmord. Ein paar gekaufte Zeugen. Und ehe die Welt sich versieht, sind die Rosenbergs schon auf dem elektrischen Stuhl.«

»Das kenne ich schon aus dem Kindergarten. Warum wiederholst du es?«

»Verfährst du denn anders? Wiederholst du nicht ebenfalls?«

»Aber bespitzelt wird niemand.«

»Himmel hilf und bewahre dich vor einem Watergate.«

»Da sind wir am Punkt. Denn dort gibt es noch wie ein zweites Gewissen die Opposition, die alles an den Tag bringt. Bei uns hingegen braucht ein kritischer Geist nur zu piepsen, und schon wird er von der Macht gefressen wie die Maus von der Katze.«

»Wenn ich das höre! Regelmäßig produziert sich dein sogenanntes zweites Gewissen, dein Oppositionsgeist bei uns im Lande vor den Kameras im Westen und schreibt dummes Zeug gegen uns. Also piepst er doch wohl noch recht munter. Wenn er aber trotzdem von sich behauptet, er würde, sobald er nur pinkeln geht, von drei Limousinen der Staatssicherheit verfolgt – als ob zur Überwachung nicht *ein* Genosse genügte –, muß er entweder senil oder unverschämt eitel sein. Denn offenbar reichen nun nicht einmal mehr seine Artikel aus, um die Aufmerksamkeit von wenigstens solchen wie dich auf sich zu lenken.«

So schlugen sie auf sich ein, ging es hin und her, und ich stand natürlich auf Uwes Seite. Mit jedem Wort aber, und besonders bei dem Bild von der Maus und der Katze, das Wolfgang auch diesmal benutzte, wurde ich an die Aufsätze und an die Diskussion von damals erinnert, in der sie sich vor der Klasse an der Einschätzung der Ereignisse in Prag ebenso unversöhnlich und hart bekämpft hatten. Wie anders jedoch klang es heute, wie verändert wirkten sie auf mich!

Plötzlich aber schien es, als besänne sich Wolfgang als erster, um ihrem Streit die Schärfe zu nehmen. Er revanchierte sich bei Uwe mit einer deutlich abgehobenen, einladenden Geste, indem er diesmal für ihn den Sessel zurechtrückte und ihn bat, sich zu setzen.

»Was liegen wir uns eigentlich in den Haaren wegen einiger Leute, die es vielleicht wirklich nicht besser verdient haben. Selbstverständlich weiß auch ich, daß die Welt nirgendwo heil ist und nicht in ihren Idealen verletzbar wäre. Aber – und ich bitte dich, nimm jetzt Platz und hör mir in Ruhe zu – mir geht es um das Prinzip, und das heißt nun einmal für mich: Freiheit und Gerechtigkeit, Demokratie und Mitbestimmung. Freilich kannst du mir wieder in deiner aufbrausenden Art darauf entgegnen, *das* sei stets eine Klassenfrage. Ja, ich habe dergleichen genauso wie du in der Schule gelernt. Wer – wen, her – hin. Ich bin Arzt, und ich sehe die Menschen leiden. Nicht nur körperlich, nein, auch psychisch, geistig. Für mich drängt sich daher die Frage nach dem Klasseninhalt immer mehr in den Hintergrund, wohingegen immer wesentlicher für mich, bestimmend die Rolle der *Persönlichkeit* wird, die man uns hier oder dort zugesteht. Das zweibeinige Tier, das da Mensch genannt wird, mein Lieber, lebt wie alle Kreaturen nur einmal, kreatürlich also, und keine Vernunftbegabung hat daran etwas geändert. Somit ist auch ihm, dem Homo sapiens, nur einmal die Chance geboten, sich selber, seine Persönlichkeit, sein kurzlebiges Ich voll auszuschöpfen. Wie denn? Indem er fortwährend nur Notwendigkeiten gehorcht, mögen sie auch als historische deklariert sein? Indem er sich immerzu, zeit seines Lebens, anpaßt? Ich erblicke darin einen totalen Irrtum, genauso, wie ich umgekehrt eben auch die Freiheit des Menschen als etwas *Totales* empfinde. Entweder alles oder nichts. Die Persönlichkeit, das Recht, sich selbst zu verwirklichen, ist unteilbar. Militärische Disziplin aber – und nichts anderes meinte ich anfangs – ist das direkte Gegenteil von totaler Freiheit. Du jedoch wirst mich wohl kaum begreifen können, denn als Soldat, gar als Hauptmann, der schon von seiner Charge, seinem *Mittel*-Rang her den unterschiedlichsten Zwängen unterliegt, bist du natürlich gehalten, wie von oben Befehle zu empfangen so sie nach unten zu erteilen. Das stutzt dir von vornherein, a priori, die Flügel. Du bist ein Opfer deines Berufs. Aber das Fliegen ist nun einmal das höchste Sinnbild der Freiheit.«

Uwe mußte empfinden wie ich. Von dieser Rede noch völlig erdrückt, erwiderte er: »Was ich dir darauf entgegnen kann, ist, daß ich die Freiheit, allerdings nicht nur meine eigene, mehr liebe als du und deshalb die Uniform trage.«

Wolfgang lächelte, wenn auch kaum sichtbar, versteckt, im Schutze seines Bartes sozusagen. Er mochte spüren, daß ihm nun tatsächlich ein Sieg gelungen war, er (wie in alten Zeiten) seine Überlegenheit nicht mehr nur zu spielen brauchte, und wurde spitz: »Nana, seit wann zahlt dir denn die

Armee neunhundert Mark für eine Jacke aus Nappaleder?«

Ich sah es deutlich: Uwe schoß das Blut ins Gesicht, und da ich mich längst schon hätte einmischen müssen, nahm ich ihm jeden weiteren Ärger ab und wandte mich an Wolfgang:

»Wenn du gestattest, so hätte ich einige Fragen an dich. Damals in meiner Stunde, als es um Prag ging: sozialistische Demokratie und demokratischer Sozialismus. Ein Unterschied ist das wie Tag und Nacht. Wie Revolution und Konterrevolution. So jedenfalls lauteten *deine* Worte. Und willst du noch mehr zitiert haben? Damals im Aufsatz bei Deutsch-Müller: Marxismus und Lenins Theorie über die Rolle des Staates. Davon – schriebst wiederum *du* – habe er, Uwe, so wenig begriffen wie die Maus von der Existenzberechtigung der Katze... Ich möchte von dir nur eine präzise Antwort: Hast du damals geheuchelt oder heute?«

»Weder – noch«, sagte er, und zwar ohne alle Unsicherheit oder gar Scham. »Ach, du oller Schulmeester. Du enttäuschst mich. Kannst du oder willst du mich nicht verstehen? In meinem Sinne war ich auch an der Schule nicht *frei*. Auf jeden Aufsatz, jedes Wort sogar im Unterricht gab es Zensuren. Und glaubst du denn, daß ausgerechnet ich so naiv gewesen wäre, um nicht zu wissen, worauf, ob nun in Deutsch, Mathematik und was sonst, eine Eins plus oder eine Vier minus gestanden hätte?«

Danach schwiegen wir uns an, fanden aus lauter Höflichkeit schließlich dann doch noch Muße, den

Sonnenuntergang zu betrachten, beteuerten auch, wie schön es mal wieder gewesen sei, uns zu begegnen, und ließen uns von meiner Frau aus der abendlichen Kühle fort ins Haus rufen.

Wolfgang fragte beim Abschied Uwe, ob er ihn ein Stück des Wegs im Auto mitnehmen solle.

Der lehnte ab. Er sei Kilometermärsche gewohnt und gehe lieber zu Fuß ...

Soviel erzählte ich Berster, als er mich nach dem Klassentreffen begleitete.

Noch lange danach standen wir auf der Straße. Die Nacht über der Stadt mit ihrem müden Laternenlicht reichte schon weit in den nächsten Tag hinein. Es dämmerte bereits.

Plötzlich sagte er: »Nein, ich bereue es nicht, deiner Einladung in die ‚Silberne Forelle' gefolgt zu sein. Das war kein verlorener Abend. Denn weißt du, was ich heute begriffen habe?«

Ich horchte auf, blickte ihn an.

»Daß du in einem recht hast: Wir erziehen die Schüler mehr zu Spezialisten als zu Sozialisten.«

Ich atmete auf. Wir hatten uns nicht nur *angenähert*. Er war mein erster *Verbündeter*.

»Aber freue dich nicht zu früh. Nach deinem Lamento könnte es allenfalls heißen: Die Moral von der Geschicht – macht alle Schulen dicht.«

»Wenn du zynisch wirst, dann: guten Schlaf.«

Er grinste, soweit es das Zwielicht hergab, daß ich sein Lächeln für ein Grinsen halten konnte.

»Doch es steckt ein viel tieferes Problem dahinter ... Willst du es hören?«

Ich nickte, war gespannt, nahm jedoch seinen Eifer noch einmal zurück.

»Was hältst du von Lichtenfeld?«

»Einer, der sich immerzu *anpaßt*, trotz seiner Behauptung dir gegenüber, der Mensch lebe nur einmal und müsse daher sein kurzlebiges Ich voll ausschöpfen. Was er wohl damit gemeint hat? Ich kenne ihn nicht und kann es deshalb nur ahnen. Über genügend Geld verfügen und Ruhm ernten? Die eigene Eitelkeit befriedigt finden? Mit unseren Idealen hat das wenig zu tun, obwohl wir, die Materialisten, die ersten waren, die auf ein Weiterleben nach dem Tode verzichteten. Nach deiner Erzählung lag Lichtenfelds Haltung aber auch schon in seinem Elternhaus begründet. Der Alte: die Arbeitskraft so teuer wie möglich verkaufen. Wir wissen auch nicht, inwieweit ihn die Universität darin bestärkte ... Für mich allerdings ergibt sich daraus eine neue Frage: Wird die Schule, *unsere* Schule jemals allein die Erziehung eines Menschen zur sozialistischen Persönlichkeit bewältigen können?«

»Natürlich nicht. Doch das dürfte für uns nur ein Trost sein, niemals eine Entschuldigung.« An diesem Abend war ich schon oft an Kalinins Worte erinnert worden. Immerhin gilt unsere Arbeit dem Menschen, der Jugend, und wenn wir einen Fehler begehen, läßt er sich nicht reparieren, als hätten wir es mit Maschinen zu tun, als brauchten wir nur ein Teilchen gegen ein anderes auswechseln. Ein Versagen von uns kann auf junge menschliche Seelen wie eine Infektion wirken. Erst später und auch noch lange danach spürt man ihre verheerenden Folgen. Mißtrauen bleibt, Zweifel, Unglaube daran, was wir, und sei es mit der ehrlichsten Absicht, als Wahrheit zu lehren versucht haben. Die Arbeit des Lehrers, sagt Kalinin, ist sehr schwierig und seine Verantwortung groß... Und trotzdem: Wenn die Verantwortung uns allein überlassen bliebe, wäre sie übermächtig und kaum zu ertragen. »Also, was ist?« fragte ich. »Worin siehst du das eigentliche Problem?«

»Gut. Die Wissenschaft und die Technik haben uns mit ihrer enormen Entwicklung in letzter Zeit, mit ihrem geradezu *revolutionären* Aufschwung die Puste verschlagen. Jeder dachte: Geb's der Teufel, wie auch immer, jetzt müssen wir hinterher, nachholen, aufholen, überholen, Jahr für Jahr nur hinterher. Physik, Chemie und Mathematik. Zu ihren Gunsten wurde alles andere reduziert. Eins plus, vier minus – auch das sprang dabei heraus, in diesem Denken von Zahlen und Kennziffern. Und nun, auf einmal, sehen wir, das allein bringt uns nicht weiter. Denn die Überbetonung der Naturwissenschaften und die Vernachlässigung der Gesellschaftswissenschaften, des philosophischen Gesprächs zum Beispiel, des *geistigen* Austauschs, der gemeinsamen Suche nach Antworten auf die Fragen nach dem Sinn des Lebens *und* nach dem Tod, wozu uns vor allem auch Kunst und Literatur anregen könnten – alle diese Versäumnisse beschädigten das Bild vom Menschen, reduzierten zugleich seine Persönlichkeitsbildung. Sie aber, auf kommunistische Art, sollte doch wohl unser höchstes Streben sein. Bevor wir es aber angehen, bevor wir erziehen, sollten wir auch Verständnis zeigen, sollten wir die Konflikte aufdecken, sowohl den Verlust als auch den Gewinn an Charakter, die dem Menschen nicht nur in dem stürmischen Prozeß der wissenschaftlich-technischen Revolution widerfahren, sondern überhaupt in den Kämpfen unserer Zeit, jene ganze qualvolle Dialektik der *moralischen* Widersprüche, mit der wir uns, die Lehrer, ebenso wie unsere Schüler heute herumschlagen.«

Ich staunte. Für einen, der bis tief in die Nacht gefeiert hatte, sprach er noch recht zusammenhängend und logisch.

»Letzteres«, schloß er, »stammt übrigens nicht von mir, sondern von einem sowjetischen Schriftsteller.«

»Trotzdem«, erwiderte ich, »du weißt, daß ich meine Gedanken aufzuschreiben versuche. Wenn ich jetzt – sofern du mir die Genehmigung dafür gibst – deine Worte zitiere, wird mich Deutsch-Müller, der Novellenspezialist, liest er es, der Didaktik beschuldigen und mir ästhetisches Unvermögen vorwerfen. Damit wäre ich zumindest literarisch für ihn gestorben.«

»Und kümmert dich das? Ist dir an einer Novelle gelegen oder an der Wahrheit?«

Ich schwieg.

Eigentlich wollte ich jetzt beides miteinander verbinden.

»Dann geh bis ans Ende und morgen, Montag, mit mir ins Kollegium.«

»Nicht besser doch zuerst in die Parteigruppe?«

»Abgemacht. Aber vergiß nicht, was wir, du und ich und die anderen, in der Reihenfolge sozusagen vom Niederen zum Höheren, erreichen, anerziehen wollen: Wissen, Können, Fähigkeiten und Fertigkeiten, Verhaltensweisen, Überzeugungen.«

Kuba.

Kalaschnikow.

Parole und Kennwort waren bereits gewechselt, das Bataillon hatte sich nach dem Sturmangriff wieder vereinigt. Es war (wäre im Ernstfall) ein von beiden Seiten mörderisch geführtes Ringen gewesen. Blau wurde völlig überrascht. Plötzlich tauchte der Gegner im Rücken auf, und niemand konnte in dieser Suppe, der tiefen und wiederum vom Regen begleiteten Dunkelheit ahnen, wie stark er war. Es krachte und knatterte aus allen Rohren. Im selben Augenblick wurde das Feuer von vorn eröffnet.

Mit seinem Stoßtrupp hatte sich Uwe so dicht an die feindlichen Stellungen gepirscht, daß er nun auch durch das Nachtglas die Bewegungen in den Gräben und im entfernter gelegenen Feldlager beobachten konnte und vereinzelt sogar Kommandostimmen hörte.

Erst jetzt hielt er die Zeit für gekommen. Major Kern hatte er längst gebeten, die Verständigung über das Sprechfunkgerät einzustellen. Es sei zu gefährlich. Sie robbten und kröchen schon wie die

Regenwürmer über den Boden, durchgeweicht bis auf die Haut, Sand zwischen den Zähnen, und wagten kaum noch zu flüstern.

Wie zuletzt vereinbart, schoß er aus seiner Leuchtpistole drei rote Signalpatronen ab.

Prompt kam die Antwort von gegenüber. Auch die Motoren der SPW heulten auf.

Er aber und sein Trupp konnten im eigenen, ohrenbetäubenden Gefechtslärm nicht mehr ausmachen, mit welchem Erfolg auf der anderen Seite der Kommandeur kämpfte. Vorwärts, vorwärts! Im Nu gewannen sie hundert Meter und mehr. Doch dann, nach den ersten Minuten der Überrumpelung, blitzten Scheinwerfer auf und schwenkten ihre Strahlen über das abgeholzte Gelände. Uwe befahl seinen Männern sofort, Deckung zu nehmen. Die ungerodeten Stubben der alten Kiefern kamen ihnen dabei unerwartet zu Hilfe. Mit ihren kurzen Schatten täuschten sie offenbar den Gegner so sehr, daß er sie von den geduckten Gestalten der Angreifer nicht zu unterscheiden vermochte und blindwütig Sperrfeuer schoß. Knallkörper pfiffen, Platzpatronen meckerten, doch die Visiere der Geschütze und Maschinengewehre waren auf Ziele weit hinter ihrer Linie gerichtet.

Als dann die Stellungen von Blau in Handgranatennähe lagen, gab Uwe das Kommando zum Sturm. Mit Hurrageschrei stürzten sie sich in die Gräben und Unterstände. Ein paar Gefangene wurden gemacht, doch schon bald stießen sie auf Soldaten ihrer eigenen Einheit. Parole? Kuba...

Kalaschnikow... Der Gegner versuchte, sich dem Druck von Rot zu entziehen, fand sich jedoch im selben Moment auch von den Flanken her umgangen. Im Morgengrauen war das Manöver entschieden, und die beiden Regimenter wurden zum Sammeln gerufen. Da erst drohte Major Kern seinem Hauptmann an, was ihm nach seiner Rückkehr in die Garnison noch bevorstand. Seine Eigenmächtigkeit sei ja nicht nur von ihm, sondern auch vom Stab registriert worden.

»Und glauben Sie nicht, Genosse Tolls, daß der Erfolg Ihnen recht gibt. Befehlsverweigerung bleibt Befehlsverweigerung.«

Uwe versuchte einen Witz. Er zückte sein Notizbuch.

»Als ich den Kahlschlag vor mir sah, wissen Sie, was mir da einfiel, Genosse Major? Ein Spruch für Soldaten.« Er las vor:

»Ick steh im Wald und warte,
denn wat nich stimmte, war die Karte,
das is harte.«

Sein unmittelbarer Vorgesetzter hatte jedoch keinen Sinn für Humor, auch keinen für Galgenhumor. Er lief rot an und schrie:

»Treten Sie weg, Mensch! Soviel Kaltschnäuzigkeit ist mir in meiner gesamten Dienstzeit nicht begegnet. Und das Dichten, hoffe ich, wird Ihnen schon bald vergehen.«

Bereits auf dem Heimmarsch, je näher sie Hartenstein rückten, befiel Uwe dann doch jenes bekannte Gefühl der Schwummrigkeit in der Magengegend. Er konnte sich ausrechnen, was seiner harrte. In jedem Fall wohl die Degradierung. Daran mußte er denken, und er fragte sich, welches Bewußtsein wohl mehr zählte: Bedingungslos einen Befehl auszuführen und sich und seine Kameraden verheizen zu lassen oder selber eine Entscheidung zu treffen und nach ihr zu handeln, um unnötige Verluste zu vermeiden und gar ein Gefecht zu gewinnen. Das eine wäre nur blinder Gehorsam. Das andere? Was sagte der *Ernstfall* dazu? Aber es gab ihn nicht. Gott sei Dank. Also hätte er auch getrost dem Major die Verantwortung überlassen können... Einmal, während einer Rast, vertraute er sich mit seinen Gedanken Siegmund an, demselben Genossen, mit dem er vor Jahren im Zwist gelegen und der inzwischen in seiner Kompanie die Funktion des Hauptfeldwebels ausübte.

»Bleib man ruhig«, erwiderte der, »wir alle bürgen für dich.«

Aber dazu kam es nicht mehr.

Ich erfuhr es von Liebers und Kern. Im rasenden Tempo vollzogen sich nun die Ereignisse.

In den Höhenlagen der Republik brach noch einmal die Kälte ein, es hatte heftig zu schneien begonnen. Die Straßen überwehte ein dichter Flockenwirbel, und die Nässe darauf gefror zu Glatteis. Es war Nacht. Immer öfter gerieten die Kolonnen der Schützenpanzerwagen ins Stocken. Ausgelaugt von den Strapazen, seit Tagen übermüdet, hockte man in den Kampfräumen, ließ sich durchschütteln und sehnte sich im Halbschlaf nach einem warmen Bett. Besonders die Fahrer hatten es schwer. Und plötzlich erhielt Uwe die Meldung, daß am Troßende seiner Kompanie ein SPW von der Bahn gerutscht sei und ein Brückengeländer durchschlagen habe.

Sofort war er hellwach, ließ halten und lief im Schneegestöber zur Unfallstelle.

Irgendwo fackelte ein Brand. Ein erschreckendes Bild bot sich ihm.

Mit drei Rädern in der Luft und dem Geschützturm vornüber hing der SPW schräg und verkantet über den Brückenrand und drohte in die Schlucht unter sich zu stürzen, die in der Finsternis bodenlos wirkte. Es hielten ihn nur noch die beiden Fahrzeuge, zwischen denen er eingekeilt war, ein anderer SPW vor ihm und der Tankwagen des Bataillons, der sich auf der abschüssigen, spiegelglatten Straße von hinten auf ihn geschoben hatte. Aus seinem Motorraum züngelten die Flammen; schon bemühten sich mehrere Soldaten, sie zu löschen. Denn obwohl der Tank nach dem Manöver nur noch wenig Kraftstoff enthielt, konnte auch die Explosion des Restes eine Katastrophe auslösen. Auch mußte der Aufprall mit größter Wucht erfolgt sein. Er hatte die Panzerung des überhängenden SPW zerdrückt und auf beiden Seiten vor allem die Luken verklemmt, so daß sie sich nicht mehr öffnen ließen.

Aus dem Inneren des Wagens drangen Hilferufe. Nur vier Männer von der Besatzung hatten sich bisher retten können. Unverletzt war allein der

Richtschütze. Die anderen wurden soeben mit stark blutenden Wunden aus der Gefahrenzone getragen. Sieben Genossen aber waren noch eingeschlossen. Drei von ihnen, hörte Uwe, sollten ohne Besinnung sein.

Er ließ sich anseilen, kroch über die Heckwanne auf das Verdeck, denn ein Zugang zum Kampfraum war nur noch von oben durch die Fahrerluke möglich. Aber auch die befand sich in dem Teil, der über dem Abgrund schwebte.

Einer der Soldaten kam ihm entgegen. Sein Gesicht, wie nun im Licht von aufgeblendeten Autoscheinwerfern zu erkennen, war von schwärzlichem Blut verklebt.

»Vorsicht! Vorsicht! Gib mir deine Hände ...«

Der stählerne Rumpf unter ihm ruckte und ächzte. Ein Fehltritt genügte, um in die Tiefe zu stürzen.

»Könnt ihr mich da drinnen hören, Genossen?«

»Ja.«

»Die Bewußtlosen zuerst. Hebt sie herauf.«

Inzwischen war versucht worden, den SPW mit Ketten und Trossen an einem anderen zu befestigen, um ihm so einen festen Halt zu geben. Auch das Feuer am Tankwagen war gelöscht. Soldat um Soldat wurde gerettet. Die Katastrophe schien abgewendet.

Nur einer fehlte noch. Der MG-Schütze. Er gab aus dem Kampfraum keine Antwort.

Uwe befahl, das Seil zu verlängern. Er stieg durch die Fahrerluke.

In diesem Augenblick riß wie mit einem Kanonenschuß eine Kette. Fast bedächtig neigte sich der SPW über die Brücke. Auch die anderen Ketten und Trossen barsten. Der Wagen kippte über und schlug mit einem dumpfen Stöhnen auf den Grund der Schlucht.

»Wenig später bargen wir sie«, sagte Liebers. »Beide waren tot.«

Meine Fähigkeiten reichen nicht aus, um Worte zu finden, die, nachdem ich nun auch die Einzelheiten erfahren hatte, meine Trauer, die Gewalt meines Schmerzes über Uwes Tod ausdrücken könnten. Er ist als Soldat gestorben, gefallen mitten im Frieden und im vollen Bewußtsein dessen, was er tat.

Nein, ich will trotzdem aus ihm keinen Helden machen. Ich möchte nur sagen: Von *uns,* seinen Lehrern, wurde ein solcher Mut ihm nicht zugetraut, und von *uns* war ihm diese Bereitschaft, im Ernstfall sein Leben für andere zu wagen, wohl auch nicht anerzogen worden. Wir jedenfalls fürchten ja schon unseren Ruf, wenn wir uns gegenüber Schülern nur korrigieren sollten, und Zeugnisse über Charaktereigenschaften stellen wir mit ein paar miserablen, unzutreffenden Sätzen im Vorspann aus. Ich wüßte auch nicht, wer nach uns, welche Hochschule zum Beispiel, mehr Wert als wir darauf legen würde. Von der Kinderkrippe bis zur Universität: ein reiner Zensurenstreß. Sei brav, iß dein Süppchen, setz dich aufs Töpfchen und hole dir feine Eins-chen.

Ein halbes Jahr vorher, im Oktober 1978, hatten Uwe und Wolfgang mich noch besucht und mir, jeder auf seine Weise, zum Geburtstag gratuliert. Vielleicht, bevor er nach Warna flog, erhielt auch Lichtenfeld noch wie ich die Nachricht vom tragischen Ende seines ehemaligen Freundes, vielleicht auch nicht. Was tut's. Er muß sich bereits an jenem Nachmittag in meinem Garten seiner Sache sehr sicher gewesen sein. Er sprach von Kadavergehorsam und Freiheit. Und ein Tod hätte ihn davon gewiß nicht abbringen können.

Der Rat der Stadt Katzow hatte ihm also kurzfristig eine Reise nach Bulgarien verschafft. Und mir obliegt es nun, wie bekanntermaßen Schiller im Tell die Schweiz, die er nie gesehen hat, den Strand des Schwarzen Meeres bei Burgas zu schildern.

Doch ich entsinne mich: Das Publikum staunte, als ihm später erklärt wurde, Wolfgang habe eine Verlobte gehabt. Unter dem Apfelbaum bei mir hatte er sie ebenfalls erwähnt. Sie studierte in Berlin Medizin und hieß Dora.

Ich fragte Dieter, den Kreissekretär: Und euch ist wirklich nichts an ihm aufgefallen?

Nein.

Weshalb auch? Hätte ich es im Herbst denn jemals für möglich gehalten?

Sobald die Saison beginnt, landen täglich Maschinen der Interflug oder der Balkan in Warna. Omnibusse bringen einen dann in romantischer Fahrt entlang der Küste in die vorgebuchten Hotels.

Sie sind, kommt man aus der deutschen demokratischen Provinz und tritt ihnen gar zum ersten Mal gegenüber, wie man sie nicht vermutet hätte. Großzügig, schwungvoll, mit viel Ideen gebaut, mit einem Wort, möchte man sagen, wenn es nicht den Werbeprospekten entstammte, superkomfortabel. Nun braucht man nur noch eine Währung auf Dollarbasis, um sich in ihnen rundum wohl fühlen zu können.

Aber Dora, die Medizinstudentin, hatte dafür bereits gesorgt. Ihre Eltern lebten zwar noch in einer Stadt in der Goldenen Aue, aber alle ihre Verwandten im goldenen Westen. Die wußten schon, was sie der Familie im Osten schuldig waren. Jährlich zu Weihnachten, Ostern oder Pfingsten beehrten sie sie mit ihrem Besuch, schleppten neuerdings zentnerweise Kartoffeln und bestes Lendenfleisch vom Rind oder Schwein mit nach Haus und vergaßen auch nicht, ihren Obolus zu entrichten, jedesmal einen Hundertmarkschein.

Wolfgang lernte Dora in einem Berliner Lokal kennen, in dem zweite und dritte Kameramänner vom Film und vom Fernsehfunk und verkrachte Kleindarsteller verkehrten. Sie gab viel Geld aus und wirkte wenig glücklich. Er sagte, während eines von ihr arrangierten Drinks an der Bar, daß er ihr eventuell helfen könne, denn er sei Arzt. Sie nahm ihn an. Er schlief bei ihr. Sie habe sich bereits für den Mai zu einer Touristenreise nach Bulgarien gemeldet und suche ohnehin jemanden, der es ihr dort an den Stränden und in den Hotels nicht allzu langweilig werden lasse. Mallorca oder die Côte d'Azur wären ihr freilich lieber gewesen.

Kannst du mir folgen?

Er sagte: Ja, und wie!, mein Schatz.

In Bulgarien schien die Sonne, der Strand war hell und das Wasser warm und weich. Man konnte von Burgas bis Sozopol oder Pomorie immer nur laufen, laufen, sich braun brennen lassen und alles vergessen, auch die Frage des Ersten Sekretärs, ob er nun die Stelle des Direktors in der neuerbauten Poliklinik auf dem Lande annehmen wolle.

Aber war denn seine Antwort, seine Entscheidung ein Kopfzerbrechen noch wert?

In Berlin, am Tag vor dem Abflug und durch die Vermittlung Doras, hatte er bereits seinen Wartburg an einen Handwerksmeister verkauft, zum Überpreis, versteht sich, und die volle Summe bei Ausländern zum Kurse von vier zu eins in Westgeld umgetauscht. Andere Sachen waren vorher denselben Weg gegangen. In Warna stieg er mit mehreren tausend D-Mark, gut versteckt vor dem Zoll, in die Leibwäsche genäht und unter die Einlegesohlen geklemmt, aus dem Flugzeug.

Sie empfing ihn dort und hatte inzwischen von einem ihrer Verwandten, der seinen Urlaub eigens zu diesem Zwecke ebenfalls in Bulgarien verbrachte, für sich und ihn Pässe erhalten, die sie als Bundesbürger ausgaben.

Und von alledem hattet ihr wirklich nicht die geringste Ahnung?

Nein! Wir reimten es uns nach den Aussagen

einiger seiner Mitreisenden zusammen. Viel anders wird es kaum gewesen sein...

In Burgas, gesetzt den Fall, man besitzt die richtigen (oder gefälschten) Papiere und kann in westlicher Valuta bezahlen, besteigt man ein Postschiff der Luxusklasse, das aus Nessebâr kommt. Das Meer, trotz seines Namens, ist natürlich nicht schwarz, sondern hervorragend blau, das Paquebot – eine grobe Untertreibung des Prospekts – der herrlichste Passagierdampfer, weiß und an Wanten und Toppen mit bunten Wimpeln geschmückt. Man sticht in See und blickt noch einmal zurück auf die sozialistische Küste. Das Land ist grün, Oleander und Flieder blühen. An den Steilhängen unmittelbar hinter dem gelben Strand nisten die Uferschwalben und umsegeln gelegentlich noch mit dünnem Gezirp das Deck. Die Reise führt nach Istanbul, und das heißt in unserem Sprachgebrauch Konstantinopel und liegt schon in der Türkei. Man erreicht es nach zweihundertfünfundzwanzig Kilometern oder spätestens in vier Stunden. Balkantourist hat es möglich gemacht, ein paar Verwandte der neuangeschafften Braut haben nur nachgeholfen. Man ist endlich sein freier Herr, hat einen standesgemäßen Anfang mit geschobenen Devisen und muß sich nicht länger um Leute kümmern, die einen ideologisch unter Druck setzen, die ärztliche Kunst aber nicht honorieren.

Da stand er, stell ich mir vor, an der Reeling, Dora im Arm, und lachte, als er vom Bosporus aus die Minarette der Blauen Moschee auftauchen sah und alles geglückt war.

Dem Wirt zur »Silbernen Forelle« hatte er einen Brief geschrieben mit der Bitte, einen zweiten, der beigefügt war, während des Klassentreffens mir zu übergeben.

Ich öffnete ihn. Darin war zu lesen:

»Verzeih mir, du oller Schulmeester! Verzeiht mir, liebe Freunde (und Freundinnen)! Sicherlich bin ich in euren Augen nun eine Art Deserteur. Aber ich habe nur – bitte, merkt auf! – die Freiheit gewählt, die ich für mich, wenn ich es recht bedenke, eigentlich schon damals, als wir noch vor dem Abitur zitterten, für angemessen und erstrebenswert hielt. Nein, es geschah nicht im Kurzschluß, und beide Herren Müller mögen es mir nachsehen, daß ich einen physikalischen Begriff auf eine Gewissensentscheidung anwende...« So ging es noch eine Weile fort, und am Ende hieß es: »Wenn ihr mich möglicherweise jetzt auch verflucht, so wird doch der Tag kommen, an dem wir uns wieder freundschaftlich umarmen. Jedenfalls grüße ich euch. Macht es gut in eurem Sozialismus und lernt auch weiterhin recht fleißig. Euer W. L.«

Aus irgendeinem Grund hatte er seinen Namen nicht ausgeschrieben. Dafür war ich ihm dankbar, denn so brauchte ich ihn nicht in den Mund zu nehmen.

Rudi Berster hatte von mir Konsequenz gefordert: Dann geh bis ans Ende...

Ja, wir würden unsere Fragen stellen. Wir kannten bereits die Antwort, uns würde man nicht übers

Ohr hauen können, aber wir würden unsere Fragen stellen. Wir sahen einen neuen Anfang. Wir würden gewiß nicht völlig von vorn beginnen müssen, gar aus dem Nichts schöpfen. Aber wir würden *anfangen*, und zwar bei uns zuerst, den Lehrern.

6,50